I0751511

L'OGRE DE CORSE.

SECONDE PARTIE.

L'OGRE DE CORSE,

HISTOIRE
VÉRITABLE ET MERVEILLEUSE;

PAR C. J. ROUGEMAITRE (de Dieuze).

SECONDE PARTIE.

Ergo omnis longo solvit se GALLIA luctu.
VIRG.

À PARIS,

Chez F. LOUIS, Libraire, rue de Savoie, n° 6.

1815.

L'OGRE DE CORSE.

Seconde Partie.

CHAPITRE PREMIER.

Où l'on verra que cette Histoire merveilleuse n'est pas finie.

« VENEZ, mes enfans, asseyez-vous autour de moi, et n'ayez pas peur. Vous me regardez avec de grands yeux et d'un air tout ébahi ! semble que vous ne me reconnaissiez pas! C'est pourtant moi, vous en réponds; c'est moi, moi qui vous ai raconté l'histoire véritable et merveilleuse qui vous a tant fait de peur, qui vous a tant fait rire, L'HISTOIRE DE L'OGRE DE CORSE. Je vois à vos mines que vous voudriez volontiers me dire, comme le petit *Chaperon-Rouge* à sa mère grande: «Oh que vous avez de grands bras! que vous avez de grands cheveux! que vous avez une grande barbe!» Ah dame! c'est que tout cela s'allonge quand on est dans le garde-manger de l'Ogre; et voilà quatre mois longs, mais longs comme des éternités, que j'y suis. Vous voilà encore plus émerveillés: eh bien, le serez encore davantage quand vous saurez qu'il est venu des Ogrichons dans l'endroit où l'on avait fabriqué l'histoire qui vous a tant amusés ; que ces Ogrichons, affamés par neuf mois de diète forcée, étaient comme des chiens enragés pour trouver de la chair fraîche. Ils voulaient dévorer sans miséricorde celui qui avait écrit la tant drôle d'histoire de leur maître, le grand mangeur d'hommes ; ils voulaient croquer les gens qui l'avaient vendue, ceux qui l'avaient moulée, ceux qui avaient vendu le papier, ceux qui l'avaient imprimé, ceux qui avaient fait la pâte du papier, et jusqu'à ceux qui avaient usé les chemises dont on avait fait du chiffon : si bien que, si on n'y eût mis ordre, ils auraient avalé l'imprimeur, l'imprimerie, les presses, les balles, et jusqu'au magasin de papier. Enfin, ils voulaient tout dévorer.

« Je vois votre étonnement; je vous parle d'Ogrichons, et, d'après ce que je vous avais raconté, vous deviez croire qu'il n'y en avait pas plus que d'Ogre, puisque je vous avais dit qu'on l'avait enchaîné dans une île, sur un rocher. Oui, c'est vrai; mais tant que l'on est en vie on n'est pas mort; et un monstre aussi extraordinaire que le nourrisson d'une tigresse, a beau être enchaîné ou muselé, s'il trouve moyen de briser sa chaîne ou de ronger sa muselière, crac, le voilà revenu, et gare aux premiers qui tombent sous ses griffes. Or, voilà justement ce qui est arrivé : on a ménagé l'Ogre, on n'a pas voulu le tuer, et c'est ce qui fait que cette histoire n'est pas finie, ainsi que vous pourrez le voir dans les chapitres suivans. »

CHAPITRE II.

Comment l'Ogre passait son temps dans son île.

BIEN dolent était le Sultan détrôné pendant que sur un batelet les Anticorses lui faisaient passer la mer pour le conduire dans l'île des Mines, où il était condamné à passer sa vie. De temps en temps il regardait derrière lui pour voir encore une fois le beau pays qu'on lui faisait quitter, et qu'il regrettait de ne pas avoir avalé tout-à-fait. Il poussait des soupirs comme un Jérémie, et regardait piteusement les élèves en ogrichonnerie qui avaient voulu le suivre. Il était grandement fâché de se voir sur l'eau, et néanmoins était content de n'être plus sur la terre ferme, tant il avait eu peur des coups de gaule que voulaient lui donner tous ceux qui le rencontraient, en lui reprochant sa gloutonnerie. Enfin, on arriva à bon port. On le fit débarquer, et on le laissa maître et seigneur de l'île, après qu'il eut juré de n'en plus sortir. Le voilà donc qui s'achemine lentement vers sa petite capitale, non sans pleurer de rage en voyant la différence qu'il y avait entre son palais, qui n'était qu'une méchante masure de bois, et le beau palais dont il s'était cru si long-temps le maître dans la capitale du pays des Lanternes.

Mais dame ! que faire? contre la force point n'est de résistance ; fallut bien prendre son parti. Il fit la grimace en voyant ses nouveaux sujets, qui, la plupart, étaient des échappés de galères, qu'on envoyait là, dans le fin fond de la terre, pour en tirer de quoi faire des couteaux, des ciseaux, etc. Il fit la grimace quand il vit que ces gens-là le regardaient comme une bête curieuse, sans mettre seulement la main à leur bonnet ; il fit la grimace quand il vit son palais aussi sombre, aussi sale, aussi étroit qu'une tabagie du pays des Fumeurs : mais enfin, au bout de quelques jours de grimaces, il se consola en songeant que, tout petit seigneur qu'il était, il n'en était pas moins seigneur, et qu'il pouvait être encore plus heureux que dans le temps où il dînait à crédit, pour 6 sous, au Cadran bleu. Adonques résolut de patienter doucement, et de tirer parti de sa petite sultanerie, car il avait conservé le titre de sultan. Comme il avait toujours aimé à tout bouleverser, il ordonna d'abord à tous ses sujets qui avaient des bras, de se munir de pelles et de pioches pour lui arranger une belle habitation. Fallut pour cela faire sauter des rochers, raser des montagnes, et faire des trous si profonds, que son île était à peine assez grande pour contenir les terres et les pierres qu'on en tirait. Quand son palais fut à moitié bâti, il résolut de se faire un doux passe-temps en donnant un bal. Il invita donc les dames de son île à venir au bal de la Cour, et elles n'eurent garde d'y manquer : elles se trémoussèrent trois semaines d'avance pour se donner des parures dignes de Sa Majesté Ogrichonne. Quand donc le grand jour, ou plutôt la grande soirée, fut venu, on vit arriver, à la file les unes des autres, et la femme du Bailli, et la femme du Magister, et celle du tambour de ville, et celle du geolier, et toutes les marchandes d'allumettes et de rubans du pays. Celles-ci venaient à pied, et laissaient leurs sabots à la porte ; celles-là chevauchaient majestueusement sur des ânes, car pour des carrosses il n'y fallait pas songer, attendu que dans cette île on trouvait des casse-cou à chaque pas. Le Sultan, qui n'avait pas encore dissipé les fumées de l'ivresse que lui avait donnée sa magnificence passée, croyait rêver en voyant les drôles de créatures qui formaient sa nouvelle cour. On s'en fera une idée en songeant que la vieille mère *La Joie* était la plus belle et la mieux bâtie de toutes. Ce fut bien pis quand il voulut leur parler; quand il disait blanc à l'une, elle lui répondait jaune: de quoi fut tellement dépité, qu'il les laissa danser sans leur dire *bonsoir*, et fut s'enfermer, en jurant qu'il vivrait seul comme un loup dans sa tannière, plutôt que de se trouver encore à pareil bal.

Et pendant plusieurs jours il tint parole ; mais l'ennui commençant bientôt à le galoper, il se mit à bâiller si fort, qu'on l'entendait jusqu'au bout du monde ; et fit bâiller plus d'un million de personnes à la fois, qui auraient encore la bouche ouverte, si par bonheur le Sultant n'eût inventé des amusettes et des divertissemens pour se récréer. Pour ne pas perdre ses vieilles habitudes, il fit percer et jeter de côté des montagnes, afin de faire des grandes routes, où facilement pourrait se carrer à cheval ou en voiture, et donna l'ordre à tous ses sujets d'y mettre la main ; et bientôt il eut fait faire un chemin d'un bout de son île à l'autre : mais, comme elle n'était pas grande, la route n'était guère plus longue que le ruban de queue d'un porteur de sacs de farine. Fit construire aussi une superbe salle de spectacle, de dix pieds de long sur six de large, et là, tous les soirs, s'amusait grandement à voir représenter des pièces récréatives, telles que *le Roi dépouillé; Robinson dans son île; Denys le Tyran, maître d'école à Corinthe*, etc., et plusieurs petits proverbes, comme qui dirait : *Tant va la cruche à l'eau*, etc.; *Qui trop embrasse*, etc., etc., etc. Il faisait habiller ses vieux chasseurs en femmes pour jouer les princesses, ce qui était fort divertissant; car, à l'exception de la vieille mère *La Joie*, qui jouait toujours les plus jeunes amoureuses, on ne voyait sur le théâtre de l'île des Mines que des princesses avec de grandes moustaches.

Bien souvent aussi il prenait ses élèves en ogrichonnerie, les mettait sur deux ou trois rangs, les faisait marcher en avant, en arrière, tourner à droite et à gauche, et manier leurs lardoires comme s'ils avaient encore quelque bonne curée à faire; mais, las! ils ne vivaient plus que de fumée, se fatiguaient d'ouvrir de grandes bouches pour ne happer que de l'air, et d'agiter leurs bras pour ne larder que du vent. Aussi ce n'était plus qu'en grognant qu'ils criaient: « Vive le Sultan! » si bien que celui-ci ne les appelait plus que ses *grognards ;* et nous ferons comme lui, en leur conservant ce nom mignard, dans la suite de cette histoire.

CHAPITRE III.

Des cadeaux que le bon Roi fit aux Lanternois.

Depuis que le bon Roi que par amour on appelait Désiré, était rentré dans sa capitale, tout avait changé du noir au blanc chez les Lanternois. C'étaient comme autant de prisonniers qui voient enfin le soleil dans toute sa splendeur, après avoir passé plus de vingt ans dans la nuit épaisse des cachots. La joie reparaissait sur ces figures naguère pâles comme de la cire; les plaies des malheureux qui avaient échappé aux dents de l'Ogre, et qui en avaient été quittes pour une morsure ; leurs plaies, dis-je, commençaient à se fermer, et il ne paraissait presque plus qu'ils eussent été mordus. On se tâtait les jambes et les bras avec plaisir en disant : « Je les garderai. » Dans les champs, dans les villes, partout on commençait à chanter : *L'hymen est un lien charmant ;* on n'entendait que cris de joie, que violons et musettes qui faisaient danser de nouveaux mariés, et, ce qui faisait le plus de plaisir, c'est que les jeunes époux pouvaient dormir la grasse matinée, sans crainte qu'un Ogrichon vînt leur dire, avant d'avoir achevé leur premier somme : « Lève-toi, marche ! en promenade, à la chasse, ou je te croque. »

On se trouvait riche, avec son pot-au-feu, parce qu'on était sûr de le manger; on était riche avec ses quatre sous, parce qu'on était sûr de les garder; on ne riait plus quand on avait un enfant bancal ou bossu, parce que cela l'exemptait de la fatale promenade, d'où l'on revenait toujours sans jambes ou sans tête; mais comme on n'avait plus que des idées couleur de rose, on espérait qu'à l'avenir tous les enfans seraient vermeils et frais, viendraient au monde avec tous leurs membres bien faits, et qu'on ne verrait plus naître tant de petits monstres par envie de femme grosse, ni tant de jeunes gens estropiés par un excès de tendresse maternelle.

DÉSIRÉ, qui voulait faire autant de bien aux Lanternois que le maudit Ogre leur avait fait de mal, DÉSIRÉ passait les jours et les nuits à verser un baume bienfaisant sur leurs blessures, à essuyer leurs larmes, à pourvoir à leurs besoins et à prévenir leurs vœux : jamais père n'eut autant de tendresse pour ses enfans. Où il pouvait, il soulageait ; où il ne pouvait pas, il consolait. Enfin, il oubliait ses propres douleurs pour ne s'occuper que des maux des autres ; et en ce était dignement secondé par l'aimable et vertueuse Princesse qui partageait maintenant ses plaisirs, comme autrefois elle avait partagé ses longues et lamentables souffrances, et par son noble frère et ses braves neveux, tous dignes rejetons d'une longue suite de bons rois, dignes rejetons d'un arbre sacré, que la hache de l'enfer déchaîné avait sapé sans avoir pu le détruire, parce qu'il est écrit dans le ciel que cet arbre doit fleurir et refleurir, malgré toute la rage des démons, jusqu'à la fin des siècles.

Avec Désiré étaient revenus tous les biens dont l'Ogre avait si traîtreusement dépouillé les Lanternois et presque tous les autres peuples, excepté les Chinois, qui auraient fini par avoir leur tour. Aussi la *Paix* enchaînait ensemble tous les peuples de l'Europe avec des guirlandes de fleurs, qui faisaient tant de plaisir à voir, que personne ne songeait à les rompre. L'*Abondance* rouvrait de tous côtés les canaux de prospérité, fermés ou taris par le grand Affamé ; la *Justice*, long-temps remplacée par les Furies, reprenait sa balance et son glaive, qui n'effrayait plus que les méchans ; et la *Liberté*, vêtue de blanc comme une vierge, au lieu des haillons sanglans de l'affreuse Licence, qui avait si long-temps usurpé son nom, parut à la voix de DÉSIRÉ, pour la première fois, dans tout son éclat, et souriait aux Lanternois, dont le cœur palpitait à son approche. Son nom, si long-temps proscrit, fut prononcé avec transport ; et désormais les noms de DÉSIRÉ et de *Liberté* furent inséparables.

La flatterie avait disparu, et s'était confondue avec la vérité. On ne disait plus : « *Oh qu'il est grand!* »

ce qui serrait le cœur ; mais : « *Oh qu'il est bon !* » ce qui réjouissait l'âme. Le bonheur que Désiré promettait et donnait aux Lanternois était si grand, qu'il faisait envie aux peuples voisins. Tous le citaient comme le modèle des bons Rois, tous désiraient avoir un père comme celui-là ; et s'ils eussent été aussi légers que les Lanternois, je crois qu'ils n'auraient fait qu'un saut de leur pays dans le nôtre pour venir partager notre liesse. Aussi, comme on l'aimait ce bon Désiré ! c'était à qui voudrait le voir. On se pressait en foule sur ses pas, l'air retentissait continuellement des acclamations de ses nombreux enfans ; on ne se couchait pas content quand on ne pouvait pas dire : « J'ai vu notre bon Roi ! » Mais, au milieu de ce concert d'amour et d'allégresse, croirait-on qu'il y eût des gens qui fissent la grimace? Oui, mes enfans, il y en avait, et je vous les ferai connaître dans le chapitre suivant.

CHAPITRE IV.

Des Hommes aux mains rouges.

Il est bon de vous dire que, bien des années auparavant, il s'était fait dans le royaume des Fées un mariage qui causa dans la suite bien du mal et bien du désordre sur la terre. *Vertigo*, le génie brouillon dont je vous ai déjà parlé, s'étant pris de belle passion pour la fée *Tremblotte*, l'avoit épousée malgré les conseils de tous les bons génies. Vous ne connaissez pas encore la fée *Tremblotte*; il faut donc vous en dire deux mots. On lui a donné ce nom-là, parce qu'elle a toujours peur, et que par malice elle fait peur aux autres. Son unique occupation est de trembloter et de faire trembler. Elle croit que tout le monde la regarde de travers, et pour ce voudrait donner les étrivières à tout le monde. Son premier mot est : « On m'en veut », son second : « Je t'en veux », avec cette différence, qu'elle prononce le premier bien haut, et le second bien bas ; et on ne s'en douterait même pas, si elle pouvait se désaccoutumer d'égratigner quand elle a l'air de caresser. Or le Conseil des Fées s'étant assemblé pour prévenir les suites d'un mariage si fatal, attendu que ces vilains époux, qui faisaient déjà tant de mal, pourraient avoir beaucoup d'enfans, qui en feraient bien davantage, il fut décidé que, pour mettre les hommes en garde contre les ruses et méchancetés des enfans de *Tremblotte* et de *Vertigo*, ils auraient tous un signe, par lequel on pourrait les reconnaître. Bonne fut la précaution; car *Vertigo* eut des enfans par milliers (ce n'était pas un Génie pour rien); et voyant que ses enfans ressemblaient aux enfans des autres, au dedans près qu'on ne voit pas, il se flatta longtemps que la décision des Fées n'aurait pas de suite. Mais quand vint le jour fatal où le bon roi des Lanternois fut horriblement mis à mort, les enfans de *Vertigo*, qui avaient été les plus acharnés après lui, furent grandement épouvantés de voir le lendemain, en se levant, qu'ils avaient les mains rouges comme du sang. Vite et vite coururent au baquet pour se laver; mais leurs mains étaient comme la clef du cabinet de Barbe-Bleue : quand le sang disparaissait d'un côté, il revenait de l'autre. Force leur fut de mettre des gants pour cacher les taches de sang; mais bah! on voyait le sang au travers des gants, comme s'ils eussent été de gaze. Ils essayèrent aussi de mettre leurs mains dans leurs poches, et quelquefois dans celles des autres. Alors il est vrai qu'on ne voyait pas leurs mains, mais c'était pire : le sang paraissait sur leurs fronts, y traçait de grandes lettres, et l'on n'avait pas besoin de savoir épeler, pour y lire : *Voleur, assassin, régicide.*

Et, quand ils voulaient parler, ils avaient beau entortiller leurs phrases et leurs discours de toutes sortes de mots, quand on les avait bien épluchés on trouvait toujours dans le fond de leurs paroles : « Tremble, parce que j'ai peur. « Et de fait en firent tant et tant, qu'il ne fallait qu'un de ces *Tremblotins rouges* pour faire trembler tous les Lanternois : car qui pouvait se croire en sûreté devant des mains qui n'avaient pas respecté le meilleur des rois ? Il est vrai que leur nombre était bien diminué ; car pendant long-temps la peur, qui ne les quittait pas plus que la rage, était cause qu'ils s'étranglaient les uns les autres : il ne restait donc plus que les plus forts et les plus madrés ; mais comme leurs mains rouges dégoûtaient les honnêtes gens, et que c'était au sang du bon Roi qu'ils devaient cette difformité, il advint que le nom seul de roi faisait sur eux la même impression que l'eau bénite sur Satan ou Belzébuth. Ils grinçaient des dents, ils trépignaient des deux pieds, se trémoussaient tout le corps quand on prononçait ce nom ; et quand le bon Génie des Lanternois ramena DÉSIRÉ dans sa capitale, jamais démoniaque, ou possédé du Diable, ne fit des grimaces aussi épouvantables, des contorsions si hideuses, n'eut des convulsions aussi affreuses que ces hommes aux mains rouges. Tant se tordaient de désespoir, se gonflaient de colère, qu'on eût dit qu'ils allaient sortir de leur peau, comme les limaçons que l'on poudre avec du tabac ; et tout cela c'était la peur ; car DÉSIRÉ avait beau dire qu'il ne penserait pas à eux, les *Tremblotins*, qui ne pouvaient se coucher sans voir l'ombre de son frère au chevet de leur lit, criaient, même en dormant : « Nous sommes perdus, étouffons-le, ou il nous étouffera. »

Et comme on voit souvent vers la brune des tourbillons d'insectes hargneux se rassembler autour d'un coursier qu'ils veulent cribler de leurs piqûres, de même commencèrent les *Mains rouges* à se réunir clandestinement dans des cavernes obscures, pour aviser aux moyens de se défaire du bon DÉSIRÉ, ou de trouver un remède contre la peur, qui leur donnait la jaunisse. Là se mettaient à invoquer *Tremblotte* leur mère et *Vertigo* leur père, dont ils n'avaient ni vent ni nouvelles depuis dix lunes, et se mirent tous ensemble à crier si fort, qu'il advint tout à coup ce qui suit.

CHAPITRE V.

Comme quoi Tremblotte et Vertigo firent une visite aux Mains rouges.

Pendant qu'ils beuglaient à se démettre les mâchoires, un nuage couleur de sang remplit tout à coup la caverne. Cette vapeur s'étant peu à peu dissipée, *Tremblotte* et *Vertigo* parurent aux yeux de leurs enfans, qui se mirent à pousser des cris de joie. « Enfans, dit *Vertigo*, nous venons à votre secours; voilà dix mois que le maudit Génie des

Lanternois me tient enchaîné : j'ai profité du moment où il s'est endormi, pour venir vous donner des conseils, et vous aider à remonter sur vos échasses. Je sais bien qu'elles sont en morceaux ; mais celui-là seul qui les a cassées a le pouvoir de les raccommoder : attention ! » Cela dit, il s'approcha d'une mare infecte qui était dans la caverne, remua avec sa baguette l'eau croupissante, qui répandit une odeur si infecte, que tous furent obligés de se boucher les narines, bien que fussent habitués à marcher sur des cadavres sans froncer le nez. La fange ayant été bien remuée, bientôt parurent sur la surface de l'eau puante toutes sortes de reptiles hideux et venimeux, tels que serpens, scorpions, crapauds, etc. De chaque espèce *Vertigo* prit une demi-douzaine des plus laids et des plus malfaisans, les broya bel et bien ensemble, les pétrit avec de la boue, en fit une petite figure d'homme, souffla dessus, la toucha avec sa baguette, et soudain la petite figure éternua, marcha, et présenta à leurs yeux écarquillés de surprise un Nain, jaune depuis les pieds jusqu'à la tête. Il portait un carquois rempli de petites flèches ni plus longues ni plus larges que deux lignes du Journal des Arts. A sa ceinture étoit appendu un petit vase qui ressemblait à un encrier, et rempli d'une liqueur noire, qu'on aurait prise pour de l'encre de la petite vertu, mais qui n'était rien autre chose qu'un poison lent, dans lequel l'enfant de la boue trempait ses traits.

« Voilà, dit *Vertigo*, tout ce que je peux faire pour vous. Suivez les conseils que vous donnera ce petit drôle-là; il est gentil, il est espiègle, on ne se méfiera pas de lui. En décochant ses flèches à droite et à gauche, il fera rire; mais bientôt il en cuira à ceux qui les auront reçues, car ils auront la berlue : tout ce qui est blanc leur paraîtra jaune; il vous fera connaître quels sont les amis de Désiré que vous devez salir pour essayer de vous blanchir; et pour que vous ne vous trompiez pas, il aura l'adresse de leur mettre sur la tête un grand bonnet en forme d'éteignoir. Promettez double pitance aux Ogrichons qui sont à la demi-ration ; attachez-vous les hommes à deux bouches et à deux visages ; et, vienne la violette, vous pourrez remonter sur vos échasses, en grimpant sur les épaules de l'Ogre-Sultan. » Cela dit, ils disparurent tous deux, et laissèrent leurs enfans avec le Nain.

Bientôt ne fut plus question parmi les gobe-mouches et les oisifs que du gentil Nain jaune. On riait en lui voyant décocher ses flèches ; mais le poison faisait son effet. Il se mit aussi à vous affubler de ses bonnets pointus tantôt celui-ci, tantôt celui-là : si bien qu'en peu de temps, excepté les *Mains rouges* et leurs amis, personne n'avait plus sa coiffure naturelle.

« Cela ne va pas mal, disait le petit coquin jaune aux *Mains rouges*, les Lanternois commencent à rire aux dépens des amis du Roi : or, dans ce pays-ci, quand quelqu'un a servi une fois de risée aux autres, il dirait les plus belles choses du monde, qu'on lui rirait au nez. Je suis trop petit pour mettre le couvre-chandelle sur la tête de DÉSIRÉ, mais bien le ferez vous-même quand vous aurez vos échasses. N'est pas d'autre voie pour les ravoir, que de faire revenir celui qui a le corps aussi rouge de sang, que vous les mains. Tous les Ogrichons se dégourdiront à sa voix : ce sera votre affaire de vous arranger de manière à rester les maîtres quand vous l'aurez aidé à remonter sur sa chaise enchantée. »

Les hommes aux mains rouges furent bien contens des espérances que leur donnoit le Nain; et point ne perdirent de temps pour se mettre à la besogne, et mirent la plus grande exactitude à suivre ses conseils.

CHAPITRE VI.

De la troupe des Ogrichons et de leur appétit.

Comme les *Tremblotins rouges* auraient fait trop de tintamarre en parlant tous à la fois, ils commencèrent par nommer un chef de la bande, qui serait chargé de parler pour tous les autres ; et le choix tomba sur *Carton*. Oh ! pour celui-là, il avait les mains rouges jusqu'aux coudes, car c'était l'âme damnée de *Vertigo*, et depuis long-temps s'était imaginé que le meilleur moyen de faire le bonheur d'une nation, c'était d'en saigner les trois quarts; que rien n'était si beau qu'un pays dont tous les habitans seraient de la même taille; et avait travaillé longtemps à ce singulier projet, en faisant tomber toutes les têtes qui dépassaient le niveau qu'il avait inventé. Il pouvait passer pour le roi des *Tremblotins rouges:* personne, mieux que lui, n'entendait l'art de masquer la peur, et ne disait avec plus de hardiesse : « Je ne crains rien, » quand il avait le frisson de la peur. Par exemple, il ne pouvait pas faire un pas sans s'imaginer que le bon Roi dont le sang avait rougi ses mains, marchait à côté de lui pour lui rendre la pareille; et chaque fois qu'on ouvrait sa porte, il croyait que c'était Désiré qui entrait pour venger la mort de son auguste et malheureux frère. On avait beau lui dire : « Le bon Désiré vous a pardonné » ; il répondait : « ça ne se peut pas » : si bien qu'un jour n'y pouvant plus tenir, voilà mon *Carton* qui vous prend un porte-voix, se plante effrontément devant le bon Roi, qui ne pensait plus à lui, et se met à lui corner aux oreilles un grand discours amphigourique de plus de cinq mille phrases, et Dieu sait combien de mots, pour lui prouver « qu'une sauce à la jacobine valait mieux qu'une crême à la royale ; qu'un monarque en fricassée était un morceau nécessaire à la santé des *Remuans*, et qu'enfin quand un médecin ignorant ou barbare, comme on en trouve par quarterons chez les Lanternois, a condamné un malade, ce qu'on peut faire de mieux, c'est de l'étouffer ; » et mille autres balivernes de cette espèce, qui, retournées de toutes manières, ne renfermaient que ces trois vérités : « 1° *Carton* a peur ; 2° j'ai pris goût à la chair de roi ; 3° je me régalerais de la tienne, si je pouvais. » DÉSIRÉ, au lieu de se fâcher, fit semblant de ne pas l'entendre. Des gens sensés dirent à *Carton* : « Mon ami, tu as la fièvre, va te coucher ; » mais, au lieu de suivre ce conseil, le meilleur que l'on puisse donner à un malade, il rassembla tous les perroquets, les margots et les corbeaux qu'il put attraper, leur apprit son amphigouri par cœur, puis les lâcha dans la capitale des Lanternois, où bientôt on n'entendit plus que bêtes de toutes espèces grasseyer, piailler, miauler, caqueter, croasser, braire, beugler, meugler, mugir et rugir, chacun dans son langage : « Ah! ah! messieurs, c'est *Carton* qui a de l'esprit! »

Carton, transporté de joie, se frottait les mains, qui n'en devenaient que plus rouges ; et l'eau lui venait à la bouche en pensant qu'il pourrait encore se régaler de sauce à la jacobine, et remonter sur ses échasses ; et pour le faire, alla rendre visite aux Ogrichons, pour les engager à travailler à sa cuisine.

Or vous saurez, ou vous savez déjà, que quand l'Ogre allait à la chasse aux Rois, et qu'il s'était bien bourré de chair fraîche, il en faisait goûter à ses piqueurs et à tous ceux qui l'aidaient à faire tomber le gibier dans ses filets. Vraiment on a raison de dire qu'on s'accoutume à tout, car tous ces piqueurs que l'Ogre forçait d'aller aux grandes promenades, n'y allaient d'abord qu'en rechignant et comme les chiens qu'on fouette. Ils faisaient la grimace au premier morceau de chair fraîche qu'on leur faisait goûter ; mais petit à petit prenaient goût à la chose, l'appétit leur venait en mangeant, et bientôt il n'y en avait plus assez pour eux : si bien qu'ils étaient devenus de vrais Ogrichons, qui auraient fini par avaler leur père et mère si les *Anticorses*, comme nous l'avons dit, n'eussent enchaîné l'Ogre des Ogres.

Quand le bon DÉSIRÉ remonta sur la chaise enchantée, son cœur fut bien navré de voir que la moitié de ses enfans n'avaient plus ni bras ni jambes, et, voulant au moins leur conserver la tête, il mît fin aux grandes chasses et aux grandes promenades : de quoi furent tous les Lanternois bien contens, excepté les Ogrichons, qui étaient habitués à tout dévorer. DÉSIRÉ, qui les regardait aussi comme ses enfans (c'est ainsi qu'il nommait ses sujets), aurait bien voulu les contenter selon leur appétit, mais cela n'était pas possible, car l'Ogre avait tant mangé, tant dévoré, tant avalé, qu'il ne restait plus aux gens d'un appétit naturel de quoi faire leurs quatre repas. Il pensa donc que les Ogrichons, n'étant devenus si grands mangeurs que par habitude, avec le temps perdraient leur appétit, et ordonna qu'on leur donnerait exactement la moitié de ce qu'ils mangeaient ordinairement; et de ce furent d'abord bien contens, car grande avait été leur crainte de mourir de faim; mais comme on dîne passablement avec la moitié d'un bon repas, ils reçurent leur demi-ration en criant : « Vive Désiré! vive notre bon Roi! » et jurèrent tous de défendre jusqu'à la mort un Prince qui donnait de quoi vivre, les bras croisés, à des gens qui avaient voulu le dévorer.

CHAPITRE VII.

Des hommes à deux visages et à deux bouches.

Outre ces Ogrichons-là, il y avait encore chez les Lanternois des hommes d'une structure assez bizarre. C'étaient des élèves de la fée *Caline*, qui, pour récompense de leur docilité à suivre ses leçons, leur avait fait cadeau à chacun de deux visages et de deux bouches. De ces deux visages, l'un était toujours en contradiction avec l'autre, si bien que celui-ci pleurait quand l'autre riait; quand l'un faisait la moue, l'autre avait l'air jovial, et ainsi de suite. Il en était de même de leurs bouches; quand l'une des deux disait à quelqu'un : *Je t'aime*, l'autre disait : *Va-t'en au diable*. Mais avaient soin de se tourner de manière à ce qu'on ne vît qu'un visage, ou qu'on n'entendît qu'une bouche à la fois, ce qui faisait que ces *calins* (c'est ainsi qu'on les nommait, à cause de *Caline* leur maîtresse) étaient toujours sûrs de plaire à celui qui était le plus fort; semblables aux girouettes, ils tournaient à chaque vent nouveau et ne changeaient jamais de place. A la tête de ceux-ci était un vieux grand-veneur nommé *Nye*, ainsi appelé, parce qu'il avait l'habitude de *nier* vingt fois par minute ce qu'il avait dit ou fait auparavant. Ce *Nye* (d'après la vieille orthographe) avait tourné sa bonne bouche du côté de DÉSIRÉ, et lui disait des choses si gracieuses, que ce bon Roi lui aurait confié son âme, tandis que l'autre bouche disait contre lui des choses épouvantables; et en cette chose était adroitement secondé par le Grand Veneur *Sulot*, qui d'une bouche disait aux Ogrichons à la demi-ration: « DÉSIRÉ vous donnera à manger; » et de l'autre: « Il vous fera mourir de faim. »

Carton rendit donc une visite à tous ces gens-là; et après les bonjour et les serviteur d'usage, il entama la conversation sur leurs anciennes parties de chasse, sur tout le gibier qu'ils avaient tué, sur les bons repas qu'ils avaient faits, et leur parla tant et tant ripaille, qu'ils sentirent réveiller leur appétit, et finirent par regretter les aigles qui les avaient menés si souvent à la curée. Alors *Carton* leur dit qu'il fallait un Ogre pour nourrir des Ogrichons, et que, s'ils voulaient l'aider, lui et les autres *Tremblotins rouges*, DÉSIRÉ retournerait bientôt d'où il était venu, et céderait la chaise enchantée à *Bon-à-part*, qui ne demanderait pas mieux que de revenir. A quoi les Ogrichons répondirent qu'ils verraient; et s'en retournèrent tout pensifs, songeant d'un côté aux sermens qu'ils avaient faits au Roi, et de l'autre aux bons morceaux qu'ils regrettaient, et que l'Ogre seul pouvait leur procurer encore.

Carton savait bien que c'est par la bouche qu'il faut prendre les gens de bon appétit, et qu'il aurait de la peine à gagner les Ogrichons, s'il ne les alléchait d'avance par quelque morceau friand; mais comme il avait peur de mourir à tout moment, parce qu'il l'avait mérité, et qu'il regardait toujours le lendemain comme son dernier jour tant que DÉSIRÉ serait devant ses yeux, il n'avait jamais songé à amasser de l'argent, et il en fallait pour régaler les Ogrichons : alors il lui vint dans l'idée que *Hortensia* pourrait le tirer d'affaire.

Cette *Hortensia* était une guenon, une assez jolie petite bête, qui avait fait long-temps les délices de l'Ogre. Il la caressait, lui donnait les noms les plus mignons, l'appelait tantôt « Ma petite sœur, » tantôt « Ma petite fille, ma petite femme, mon amie, mon tout. » Elle parlait comme une personne naturelle, riait, dansait, chantait, que c'était plaisir à voir et à entendre : si bien que le Sultan n'avait rien négligé pour la rendre encore plus jolie. Il lui mettait des colliers de diamans, des bagues de rubis, des bracelets d'escarboucles; enfin, elle avait des bijous de quoi acheter un petit royaume. Le bon DÉSIRÉ lui-même, qui ne voyait que la gentillesse de cette petite bête sans soupçonner sa méchanceté, n'avait pas voulu qu'on lui fît du mal, et lui avait laissé tout ce qu'elle avait : aussi, sans sa petite taille, on l'aurait prise pour une *duchesse*.

Ce fut à elle que *Carton* s'adressa. Il ne lui eut pas plutôt dit qu'il voulait faire revenir son Ogre chéri, que la petite bête sauta de joie, et se laissa dépouiller de tous ses bijous pour régaler les Ogrichons, sans faire la moindre grimace. Bien plus, elle allait de l'un à l'autre, leur partageait toutes les friandises qu'on lui avait données ; enfin il n'y eut caresses qu'elle ne leur fît. Beaucoup se laissèrent gagner, et préférèrent leur ventre à l'honneur ; beaucoup aussi tinrent bon, et aimèrent mieux faire deux repas sans reproches, que quatre en se déshonorant ; et pour ne pas confondre les uns avec les autres quand il senait temps d'agir, il fut convenu que tous les *voraces* se parfumeraient d'essence de violette pour se reconnaître ; et bientôt on ne vit plus que gens qui avaient toujours le nez au vent, flairant en tous sens tous ceux qu'ils rencontraient, pour s'assurer s'ils sentaient la violette, ainsi que font les chiens quand ils en rencontrent un autre ; et l'on ne pouvait plus faire un pas sans être empuanté par une odeur extraordinaire qu'on aurait prise pour toute autre chose, si des gens qui se disaient experts en parfumerie n'eussent assuré gravement que cela sentait la violette.

CHAPITRE VIII.

Comme quoi l'Ogre se vendit au mauvais génie Vertigo.

QUAND le Nain couleur de jonquille vit les choses ainsi préparées, il n'y eut de méchancetés qu'il ne dît. Il tournait en ridicule tout ce que le bon Roi faisait, et surtout ses amis, dont il voulait le séparer. A ceux-ci il disait : « Le Roi va vous vendre à ses amis, et ils se serviront de vous en guise de chevaux, pour vous atteler à la charrue. » A ceux-là : « Prenez garde à vous; les amis du Roi vont vous prendre vos maisons, vos champs et vos bois, pour s'y goberger à leur volonté. Ils vous forceront de mettre des bâillons aux grenouilles pour les empêcher de coasser pendant qu'ils dormiront. »

Non contens de cela, des gredins déguisés sous un habit respectable, parcouraient mystérieusement les campagnes, et disaient à l'oreille des paysans : « Indiquez-moi des ouvriers pour faire bâtir un grand magasin ; tous ceux qui portent un habit comme le mien auront bientôt le droit de prendre le dixième de vos œufs, de vos poules, de vos canards, de vos oies, de vos vaches, de vos bœufs, de vos blés, de vos pois, de vos fèves, de vos lentilles ; enfin vous ne pourrez pas toucher à un morceau de lard ou à votre pot-au-feu, sans que nous en ayons pris notre part. » — « Oh! oh! disaient les paysans, nous allons donc avoir des milliers d'Ogres pour un, ma foi, autant valait garder l'autre. »

Quand les enfans de *Tremblotte* et de *Vertigo* eurent ainsi répandu la crainte et la méfiance partout, le mauvais Génie crut que le temps était favorable, et il prit tout d'un coup son vol vers l'île des Mines, et après avoir traversé les airs en moins de rien, il s'abattit sur un rocher sur le bord de la mer. C'était là que l'Ogre venait tous les jours faire la digestion. Là, tenant sa lorgnette, il ne pouvait se lasser de contempler la belle Ausonie, qui n'était séparée de lui que par un petit bras de mer.

Il regrettait les lièvres qui avaient échappé à ses dents, et soupirait, à faire trembler les maisons, en voyant de loin la fumée du royaume du Grand Volcan. Là, régnait encore un de ses anciens piqueurs, palefrenier de son premier métier, et qui mieux s'entendait à étriller un cheval qu'à gouverner une nation. C'était le seul des roitelets nommés par l'Ogre, qui fût resté en place : les *Anticorses* l'avaient laissé tranquille, parce qu'il les avait fait rire en donnant des chiquenaudes à son doux maître quand il fut pris à l'hameçon.

L'Ogre en était justement à tempêter contre dame Fortune, qui était plus constante envers un ancien valet d'écurie, qu'envers un faiseur de rois, lorsqu'un bruit qu'il entendit derrière lui, le força de tourner la tête. Il vit un homme qui avait les yeux hagards, la tête couverte d'un bonnet couleur de sang, les cheveux mal peignés, un poignard dans sa ceinture rouge, et un niveau pendu à son côté. Dans sa main droite, il tenait une bannière rouge, blanche et bleue : d'un côté d'icelle on lisait : *Liberté, égalité;* et de l'autre : *La mort*. C'était *Vertigo.*

Qui fut bien émerveillé et surtout bien content ? Ce fut l'Ogre, en reconnaissant le Génie qui jadis l'avait poussé de bonne aubaine en bonne aubaine, et lui avait appris tous les tours de son métier, chose que nous avions oublié de dire dans la première partie de cette histoire.

« Ah! *Vertigo!* dit l'Ogre, vous me trouvez bien changé! Autrefois, grâces à vous, un royaume faisait mon déjeuner, et aujourd'hui n'ai pas même un goujat à croquer. » — « Il ne tiendra qu'à vous, beau sire, de faire bombance comme autrefois, si vous voulez suivre mes conseils. » — « Parlez, je suis prêt à tout. » — « Eh bien! promettez-moi de travailler pour mon compte seulement pendant trois ou quatre lunes, et avant dix jours vous serez sur la chaise enchantée. Signez ce parchemin-là. » — « Combien de temps serai-je le maître des Lanternois? » — « Tant que plairez à mes enfans qui ont les mains rouges; car, soyons de bon compte, vous avez été passablement ingrat à leur égard ; vous ne les avez pas plus ménagés que les autres ; vous mangiez tout, et vous ne leur laissiez que les miettes : mais cette fois-ci, beau sire, il n'en sera pas ainsi : faut que vous leur lasisiez faire la cuisine à leur guise, et qu'ils vous règlent votre portion ; et de plus, que vous vous engagiez à leur laisser mitonner une sauce à la jacobine pour régaler tous les Lanternois. Signez cela, et les *Mains rouges* vous porteront sur la chaise enchantée ; sinon, adieu, je m'en vais, et vous laisse pour toujours dans votre île. »

— « Doucement, doucement, dit l'Ogre, j'accepte tout, je signe tout, pourvu que me fassiez sortir d'ici : mais si les *Anticorses* revenaient...

s'ils ne voulaient pas... ou enfin s'ils voulaient... vous m'entendez. » — « Que craignez-vous? N'avez-vous pas *Mutar*, votre beau-frère, le grand palefrenier, qui les étrillera de la belle manière? N'avez-vous pas le Roi des aigles à deux têtes qui vous aidera par amour pour sa fille? N'avez-vous pas les Ogrichons à demi-portion, et le reste de vos chasseurs, qui bisquent de rester les bras croisés? »

Vertigo en dit bien davantage; mais l'Ogre ne l'entendait pas : car depuis long-temps il ruminait à part soi de quelle manière il s'y prendrait pour tromper *Vertigo*, les *Mains rouges*, les *Anticorses*, le beau-père, le beau-frère, tous les Lanternois; et peu s'en fallut, tant il aimait la tricherie, qu'il ne cherchât à se tromper lui-même. Et de son côté riait *Vertigo* dans sa barbe, en songeant que l'Ogre allait encore une fois l'aider à tout bouleverser, à tout renverser, jusqu'à ce qu'il lui plût de renverser l'Ogre à son tour. Et fut le traité signé avec du sang entre les deux plus mauvais esprits qui jamais aient paru de mémoire d'homme. Puis se séparèrent en apparence bons amis, mais jurant chacun de son côté tout bas de donner un croc en jambes à l'autre quand il en serait temps.

CHAPITRE IX.

Où l'on retrouve Caline et Sanguinolente.

—

Bien que l'Ogre fût content de pouvoir retourner au pays des Lanternes, si n'était pas tranquille quand il songeait qu'il pourrait traper bien des horions avant d'arriver à la chaise enchantée ; pas trop ne se fiait aux promesses de *Vertigo*. Il savait bien que si le beau-père aimait bien sa fille, en revanche il n'aimait guère le gendre ; et s'il ne l'aidait pas, comment ferait-il, lui avec ses mille *grognards* et quatre pétards, pour résister à tous les Lanternois, qui fondraient de tous côtés sur lui avec des lardoires pour défendre leur Roi chéri? Comme personne n'avait plus peur de sa peau que lui, il tremblait à l'idée d'attraper la moindre égratignure, et ne savait trop que résoudre, quand soudain il vit paraître devant lui une femme dont l'aspect le fit frémir. C'était la fée *Sanguinolente*. Sur sa tête était un triple rang de couronnes; ses grands bras s'allongeaient comme pour embrasser toute la terre, un glaive sanglant menaçait dans sa main droite; sa large bouche semblait vouloir tout avaler; elle était portée sur une gloire en forme de nuages de sang, sous lesquels elle tâchait vainement de cacher des millions de cadavres, immolés pour fabriquer cette *gloire sanglante*. C'était le portrait vivant de l'Ambition, car il est temps de vous dire que *Sanguinolente* et elle c'était tout un. — « Lâche, dit-elle, regarde, et décide-toi. » Elle le frappa légèrement du bout de sa flamberge, et le nuage qui couvrait encore les yeux de l'Ogre se dissipant, il vit de l'autre côté de l'eau, comme par magie, tous les royaumes et tous les peuples de la terre. Il sentit son appétit se réveiller; ce qu'il voyait lui paraissait si facile à prendre, que déjà il tendait la main et ouvrait la bouche pour tout avaler, lorsque tout cela disparut comme aux Ombres Chinoises.

« Oh ! oh ! dit-il, quand il se vit seul, ce que je viens de voir mérite bien que je m'expose à recevoir quelque taloche ; allons rassembler mes *grognards*, et vogue la galère ! Ouais ! mais s'ils ne me croient pas, s'ils ne veulent pas m'écouter ! diable ! je n'irai pas exposer ma peau tout seul aux lardoires des Lanternois. Ah, *Caline* ! ah, chère marraine ! vous m'abandonnez ? et j'aurais pourtant bien besoin de vos conseils. » — « Me voici, dit *Caline* en se montrant tout d'un coup ; je ne t'ai pas abandonné, mais qu'il te souvienne du dernier avis que tu as reçu de moi. Je t'ai dit que tu ne pouvais plus rien par la force, mais que tu pouvais encore te soutenir par le mensonge. Je n'ai pas d'autre conseil à te donner pour le moment. Tu viens déjà de mentir à *Vertigo*, eh bien ! ments à tes *grognards*, ments aux Albionnais qui t'observent, ments aux Lanternois qui te craignent, ments à ton beau-frère, ments à ton beau-père, ments à toute la terre, et à toi-même, si tu le peux ; nous nous reverrons, adieu. » —« Oh! oh! dit l'Ogre quand elle fut partie, s'il ne s'agit que de mentir, pas n'ai besoin de maître d'école pour me l'apprendre, suis passé docteur dans cette science. »

Adonques commença par l'amiral albionnais, et lui dit que le médecin lui avait ordonné de se promener tous les jours en mer pour sa santé, et l'amiral albionnais n'y soupçonnant pas malice, y consentit, le suivit des yeux pendant quelques jours, et finit par ne plus s'en inquiéter. Quand l'Ogre fut bien assuré qu'il n'était plus espionné lorsqu'il se promenait en mer, il assembla, un beau jour, les grognards, et leur dit de se tenir prêts à le suivre chez les Lanternois, et, pour les décider, il fit menteries sur menteries, leur disant que DÉSIRÉ, ayant voulu faire marcher les Lanternois à reculons, ceux-ci l'avaient chassé; que le beau-père l'attendait avec des millions de chasseurs pour lui remettre sa femme et son poupon; qu'au moyen d'un ragoût *à l'indépendance* (cuisine de nouvelle invention), dont *Mutar* avait régalé les Ausoniens, ceux-ci ne devaient faire qu'un saut du haut de leur Volcan aux montagnes des Marmottes, pour venir à sa rencontre. Il leur dit encore ceci et puis encore ça, et leur en dit tant, que, croyant déjà tenir chacun un petit royaume, ils se mirent à crier tous ensemble ! *Vive le Sultan ! il est grand ; c'est toujours le plus grand.* Et sans perdre de temps, il les fit embarquer à la sourdine les uns après les autres sur deux esquifs, sans oublier les quatre pétards et sa peau de tigre, qu'il eut soin pourtant cette fois-ci de mettre à l'envers pour tromper l'espion.

Quand son fidèle *Trandber* l'eut averti que tout était prêt, il s'embarqua aussi, laissant sa sœur et la mère La Joie pour amuser l'Amiral albionnais. Et furent toutes deux si bien le divertir et lui faire paraître le temps court, qu'il était grand jour avant qu'il s'aperçût que l'Ogre n'était pas revenu au gîte comme à l'ordinaire. Après avoir prononcé une douzaine de *goddam*, il se mit en devoir de poursuivre son prisonnier. Nous verrons dans le chapitre suivant s'il le rattrapa.

CHAPITRE X.

De ce qu'il advint à l'Ogre pendant qu'il était sur mer.

—

Voila donc l'Ogre en mer, se tenant non pas sur le tillac pour prendre l'air, mais bien enfermé dans une chambre noire, au fond du bâtiment, de peur d'être reconnu si quelqu'un venait à le rencontrer. Pas n'avait besoin de tant de précaution, car la fée *Sanguinolente*, qui avait été condamnée à ne vivre, pendant vingt-cinq ans, que de sang et de cadavres, avait trop d'intérêt à conserver le grand exterminateur de l'espèce humaine, pour ne pas le protéger de tout son pouvoir. Elle donna un coup de sifflet si aigu, que les cavernes les plus profondes de l'abîme infernal en retentirent. A cette voix bien connue, tous les Vices, que le bon Génie des Lanternois tenait enchaînés depuis onze lunes, firent un effort si violent, qu'ils rompirent leurs fers, s'élancèrent avec impétuosité hors de leurs cachots ténébreux, s'envolèrent comme une nuée de corbeaux à figures humaines; et, guidés par l'odeur fétide de la violette magique dont *Sanguinolente* avait enduit, oint et frotté les esquifs malencontreux de l'Ogre, ils l'eurent bientôt flairé, se rangèrent autour de lui en bataille pour lui servir d'escorte, les uns sur les flancs des navires, ceux-ci à la poupe, et ceux-là à la proue.

Ainsi escorté par les mauvais Génies du Désordre, du Trouble, de la Révolte, de la Licence, de la Tyrannie, de la Persécution, de la Vengeance et de la Mort, qui, debout sur le tillac, jouait du violon, et trépignait de joie, l'Ogre voguait loin de l'île des Mines, et s'avançait vers la terre Lanternoise. Les esquifs allaient grand train, car tous les diables qui président aux mauvaises passions, jouissant d'avance de la bonne besogne qu'il allait leur tailler, s'étaient groupés par derrière, le suivaient à la nage, et soufflaient à joues rebondies sur son bâtiment, pour le faire glisser plus vite. Aussi l'amiral *Goddam*, qui s'était mis à sa poursuite dès qu'il avait pu se débarrasser des griffes des deux Ogresses qu'il avait laissées pour le retenir, eut beau ramer comme un forçat, il ne put le rejoindre.

Et, malgré tout cela, l'Ogre n'aurait pas manqué d'être pris par les vaisseaux Lanternois et Albionnais qui se promenaient dans ces parages-là, si *Caline* n'eût veillé sur lui avec le plus grand soin. Elle s'était huchée au haut du mât de misaine pour observer les vaisseaux qui passaient, et, dès qu'il en venait un, crac, elle n'avait qu'à souffler sur les pavillons de l'Ogre, et ils changeaient de couleur à volonté, suivant les pations qu'il fallait tromper. Les gens de l'Ogre paraissaient être de la connaissance de tous ceux qu'ils rencontraient, car, par la vertu du souffle de *Caline*, ils changeaient subitement de vêtemens et de figures, et en étaient quittes pour dire bonjour à ceux qui passaient. Quant à l'Ogre, nous savons, depuis longtemps, que chaque fois qu'il y avait du danger pour sa peau, *Caline* avait soin de le rendre invisible; et le fut aussi, pendant la traversée, pour tout le monde, excepté pour celui dont nous allons parler.

CHAPITRE XI.

Comme quoi l'Ogre eut une vision merveilleuse.

L'OGRE était, comme nous l'avons déja dit, enfermé dans la chambre la plus noire de l'esquif, et ruminait à part soi sur les bons repas qu'il avait faits dans sa vie, et sur ceux qu'il comptait encore faire bientôt, lorsqu'une lumière éclatante, qui se répandit soudain dans son obscur réduit, le frappa d'étonnement. Il crut d'abord que le vaisseau était en feu, et son premier mouvement fut de se jeter à l'eau et de se noyer, pour ne pas être brûlé ; car on sait qu'en tout, son habitude était d'inventer des remèdes qui étaient pires que le mal qu'il voulait guérir ou déguiser. Il allait donc sauter par les écoutilles, lorsqu'en levant ses yeux encore plus égarés qu'à l'ordinaire, il recula de surprise et de respect en voyant devant lui un jeune homme d'une stature majestueuse. Sa figure avait quelque chose d'auguste, de triste et de menaçant à la fois. Ses vêtemens, blancs comme la neige, étaient ornés d'un large ruban bleu qu'il portait en écharpe ; dans sa main il tenait une tige de lis, composée de cinq fleurs et qui répandaient un parfum délicieux. — « Qui es-tu? Que veux-tu?» lui dit l'Ogre en tâchant de déguiser sa crainte sous un ton dur et sec.

— « Je suis, répondit le beau jeune homme, je suis le bon Génie des Lanternois, et je viens pour m'opposer à ta coupable félonie. Misérable! Où vas-tu? N'as-tu pas assez faussé ta parole, assez violé de sermens et de traités? Ne t'es-tu pas assez gorgé de cadavres, assez vautré dans le sang humain? Parce que le ciel, dont les décrets sont impénétrables, t'a laissé respirer jusqu'à présent, au grand étonnement de tout l'univers qui t'abhorre, espères-tu le braver encore impunément? Où vas-tu? Sur une terre encore couverte des ossemens des malheureuses victimes dévorées par ton insatiable voracité ! Sur une terre où tu ne peux faire un pas sans marcher dans le sang que toi et les tiens avez versé ! Sur une terre encore toute humide des larmes que tu as fait répandre ! Sur une terre où ton nom est un outrage, un objet d'épouvante pour la génération présente, et d'horreur pour toutes les races à venir ! Sur une terre où tu n'entendras que des voix qui feront ton supplice en bénissant DÉSIRÉ, l'envoyé de Dieu, qui se charge de guérir les blessures sans nombre que tes griffes et tes dents meurtrières ont faites à ses enfans! Sur une terre où le souffle des zéphirs, le murmure des ruisseaux, le gazouillement de chaque oiseau, le mugissement des fleuves et des torrens, tous les échos des bois et des montagnes, le frôlement d'une feuille sèche, le moindre souffle, le moindre bruit enfin, n'auront pour tes oreilles qu'un seul et même son, qu'un seul et même accent, celui du reproche et du cri de ta conscience ! ASSASSIN ! oui, ASSASSIN ! Tout ce que tu entendras, depuis l'épouvantable fracas du tonnerre, jusqu'au simple mouvement de lèvres de l'enfant qui commence à bégayer, tout ne sera pour tes oreilles épouvantées que la répétition de ce terrible mot ! Ouvre les yeux : ne vois-tu pas l'infernal cortége qui t'environne ? Tous les vices les plus hideux, toutes les passions les plus honteuses, ont pris un corps, une âme, une figure, pour t'accompagner. L'Enfer entier vient de s'associer à ton triomphe. L'Enfer pousse des hurlemens d'une épouvantable joie ; il te proclame son premier ministre, son grand pourvoyeur ; mais en même temps il prépare les instrumens de ton supplice : si tu en doutes, tiens, regarde. »

Le Génie effleura les yeux de l'Ogre avec sa tige de lis ; aussitôt le fugitif de l'île des Mines se crut transporté au milieu de la capitale du pays des Lanternes. Des milliers de démons qui n'avaient qu'une légère teinte de figure humaine, venaient à sa rencontre, dansaient autour de lui dans la fange, et faisaient jaillir la boue sur sa figure, et, si de hasard il en entrait dans sa bouche, ils le forçaient de l'avaler.

A la tête de ces démons, il crut en reconnaître un qui paraissait leur chef; il ressemblait à *Carton*. Celui-ci se cachait de temps en temps pour cracher du sang, et, dans les intervalles que lui laissait sa toux, il avançait une de ses mains rouges pour le caresser, tandis que de l'autre il cherchait à lui enfoncer un poignard dans le cœur.

La scène changea tout à coup. L'Ogre se trouva dans une plaine immense; il vit tous les Rois du monde se tenant par la main, et déroulant une feuille de parchemin aussi longue que l'arc-en-ciel, sur laquelle étaient écrits, couleur de sang, le nom des victimes que l'Ogre avait dévorées, et, au bas de la feuille, des éclairs sillonnaient en traits de feu le mot VENGEANCE. Le tonnerre répéta de tous côtés : VENGEANCE ! Alors il vit sortir de tous les points du monde des millions d'hommes avec des lardoires de toutes espèces, et marchant contre lui. Épouvanté, l'Ogre se retourne, et, pour comble d'effroi, il aperçoit toute la bande des *Tremblotins rouges*, qui, postés derrière lui, étendaient leurs mains sanglantes pour l'étrangler, en criant : « *Nous ne voulons pas plus de Sultan que de Roi.* »

L'Ogre, qui prenait cette vision mystérieuse pour la réalité, eut tellement peur, qu'il ouvrait déjà la bouche pour ordonner à son pilote de revirer de bord et de retourner à l'île des Mines, lorsqu'il fut détourné de cette résolution par la fée *Sanguinòlente*.

CHAPITRE XII.

Du Bouclier enchanté de l'Ogre, et autres aventures.

DANS le livre des Fées, il était écrit que le Génie des Lanternois et *Sanguinolente* ne devaient pas vivre ensemble, et ne pourraient jamais se trouver en même lieu sans que l'un des deux ne quittât aussitôt la partie : or donc *Sanguinolente*, qui ne s'éloignait de l'Ogre que le moins qu'elle pouvait, étant entrée dans le moment où *Bon-à-part* se décidait à retourner à l'île des Mines, le bon Génie disparut aussitôt, et la vision avec lui.

Sanguinolente, en sa qualité de Fée, n'eut pas de peine à voir ce qui venait de se passer, et d'un coup de baguette elle changea le tableau avant que l'Ogre n'eût repris ses esprits. Tous les millions d'hommes qu'il voyait un moment auparavant avec des lardoires, s'avançant pour l'embrocher et l'éventrer, avaient maintenant l'air le plus affable du monde; ils se jetaient à ses genoux, lui tendaient les bras, l'appelaient à grands cris, et l'invitaient poliment à leur faire l'honneur de les croquer. D'un autre côté, *les Rouges* lui amenaient les plus dodus et les plus gras d'entre les Lanternois pour lui en faire une fricassée. « Oh, oh! dit-il, j'avais donc la berlue tout à l'heure? Mais voilà un déjeuner qui se présente de trop bonne grâce pour le refuser. »

Pendant qu'il sentait l'eau lui venir à la bouche, à l'idée d'un si bon repas, son fidèle *Trandber* vint l'avertir qu'on touchait au port. Il monte sur le tillac et reconnaît l'endroit où *Caline* l'avait déposé autrefois quand elle l'enleva du pays des Crocodiles, où on voulait le pendre. Avant de débarquer il prend sa lorgnette pour voir si personne ne le guettait là pour lui donner des croquignoles. Mais *Sulot*, qui était chargé de poster les chasseurs, averti de l'arrivée de l'Ogre par le Nain jonquille, qui depuis quelques jours ne cessait de donner du cor, avait eu bien soin de ne mettre là personne qui pût lui barrer le passage. Ne voyant pas d'ennemis, il débarque bien vite avec les grognards et le fidèle *Trandber*. Mais l'Ogre n'eut pas plutôt touché avec son pied le pays des Lanternois, que tous les mauvais Esprits qui l'avaient accompagné, prirent leur volée de tous cotés, et répandirent bientôt l'épouvante sur toute la terre. Le Génie de la Paix, qui les vit arriver, s'envola aux Antipodes, en faisant un cri si plaintif, que les plus hautes montagnes en furent ébranlées. Toutes les blessures qui commençaient à se guérir, se rouvrirent, et le sang en coula de nouveau. Les tombeaux s'ouvrirent aussi, et des millions de voix sépulcrales firent retentir les airs du cri terrible de VENGEANCE ! Le soleil perdit son éclat ; à un jour pur et serein succéda une espèce de crépuscule, de lueur douteuse plus effrayante que la nuit, et qui donnait une teinte pâle à tous les visages.

Grande fut la peur de l'Ogre quand il se vit jeté là, comme seul, au milieu du vaste monde, et sur une terre couverte de têtes de morts, qui, toutes, lui criaient ensemble : « Monstre, que veux-tu ? va-t'en. »

Mais il n'avait pas déjeuné, et comme l'appétit, chez lui, l'emportait sur tout le reste, il jeta les yeux sur une ville qui était sur sa gauche, et voulut d'abord essayer s'il ne se trouverait pas là quelques moutons qui, comme par le passé, voulussent tenir à honneur de venir s'enfourner d'eux-mêmes dans le vaste gosier de sa ci-devant Majesté Ogrichonne. Bien y serait allé lui-même pour les avaler bon gré mal gré; mais il voyait sur le haut des murs, des gueules terribles, qui avaient l'air de l'attendre pour lui vomir du feu à la figure, chose dont le sire ne se souciait pas du tout. Il aima mieux y envoyer quarante de ses grognards, pour amadouer ceux qu'il voulait croquer, et les inviter à venir trouver le Maître sur le rivage; mais pas un des quarante ne revint donner des nouvelles de la commission : car à peine furent-ils entrés dans la ville de *Tibesan*, qu'au seul nom de celui qui les envoyait, on les enveloppa tous dans un grand filet, dont ils ne purent se dépêtrer, et furent ainsi enfermés dans une nasse d'où on ne les laissa plus sortir.

Quand l'Ogre vit que les quarante grognards ne revenaient pas, il se douta bien de ce qui était arrivé, et bientôt n'en put douter, quand il entendit de tous côtés crier : *Au loup! au loup! Tremblotte* elle-même, qui ne savait jamais ce qu'elle faisait, parce qu'on n'y voit goutte quand on a bien peur, volait de tous côtés répandant l'alarme, et excitant tout le monde à courir sur l'Ogre : de sorte qu'il voyait déjà de loin préparer les broches et les lardoires avec lesquelles on se disposait à le mettre en capilotade. Et tellement grande fut sa peur, qu'il cherchait à se cacher sous le manteau de son fidèle *Trandber*, pour échapper à la battue, lorsque *Caline* vint le rassurer en lui donnant un bouclier enchanté qui.... Mais ceci mérite bien un autre chapitre.

CHAPITRE XIII.

Comme quoi l'Ogre fut porté par les Mains rouges jusque dans la ville des Vers à soie.

« SAUVE-TOI vite, lui dit *Caline*; cette ville de *Tibesan* et tout le pays des Olives sont remplis d'*Engourdis* que le maudit Génie des Lanternois vient de dégourdir à ton approche. Ils vont te chercher pour se donner le plaisir de te faire faire un entrechat en l'air au bout d'une corde ; je n'y puis rien : *Sulot* a oublié de mettre par ici des *chasseurs à deux visages;* mais tâche de gagner la ville des *Dauphins :* là tu trouveras *Bédaloyere,* qui est tout prêt à renier Dieu, et même à étouffer père et mère, s'il le faut, pour te servir : prends ce bouclier enchanté, il te mettra à l'abri du danger ; si tu peux gagner la ville des Vers à soie, tes affaires iront bien : adieu ! » Et la Fée disparut.

Et voilà l'Ogre qui, se rappelant son ancien métier de coureur, se met à enjamber les montagnes comme un autre enjamberait des taupinières, et ne savait pas comment il pouvait aller si vite, n'ayant plus ses bottes de sept lieues ; mais c'est que *Tremblotte* lui avait donné des ailes invisibles, ainsi qu'à ses *grognards;* et tout le monde sait bien qu'on va vite avec les ailes de la Peur.

Pendant qu'il courait comme un lièvre poursuivi par les chiens, les *Engourdis* du pays des Olives volaient par bandes sur ses traces et avec les ailes de la Vengeance : et certes n'auraient pas manqué d'attraper l'Ogre et de le faire danser selon leur envie, s'ils n'eussent mis à leur tête le grand veneur *Namassé*, homme à deux visages, et le plus affamé de ceux qui avaient été nourris à la table de l'Ogre. Il avait de quoi manger cent bœufs par jour et d'autres viandes à l'avenant, mais n'était pas encore content ; et il se réjouit intérieurement quand il sut que le mangeur des mangeurs était débarqué, et qu'il pourrait encore lécher ses plats. Aussi, au lieu de mener droit à l'Ogre les *Engourdis*, ou, autrement dits, les *Liliens* qui s'étaient fiés à lui, il eut bien soin, au contraire, de les mener à droite quand l'Ogre allait à gauche ; et, sous prétexte qu'ils étaient fatigués, les faisait reposer à tout bout de champ, pour donner le temps à l'Ogre d'aller plus loin.

Bientôt celui-ci arriva devant la ville des Dauphins, qu'il trouva fermée et barricadée. Il frappa à la porte et fit entendre sa grosse voix, qu'il tâcha pourtant d'adoucir le plus qu'il pouvait. Mais il eut beau faire, elle avait toujours quelque chose de si aigre, qu'au premier mot, d'un bout de la ville à l'autre on entendit crier : « C'est l'Ogre ! tombons dessus, tuons-le. » Et tous les *chasseurs* qui étaient dans la ville sortirent précipitamment, avec l'intention de purger la terre du monstre qui venait encore l'épouvanter, ce dont l'Ogre eut grand'peur, et se couvrit à la hâte du bouclier que lui avait donné *Caline*.

C'est ici le lieu de dire comment était fait ce bouclier enchanté. Il était uni comme une glace, et *Caline* lui avait donné une telle vertu, que ceux qui le regardaient par devant, y voyaient une table servie suivant leur goût. Les actions les plus horribles y étaient représentées sous les plus belles couleurs; l'Ogre y paraissait tout rayonnant de gloire, donnant mille choses plus précieuses les unes que les autres à ceux qui l'entouraient : à celui-ci une ville, à celui-là un royaume ; à l'un des monceaux d'or, de larges rubans ; à l'autre une jolie princesse ; et à tous les amis quelque chose. Ce que le bouclier avait de plus merveilleux, c'est que l'Ogre y paraissait tout aussi grand que dans le temps qu'il jetait aux yeux de sa poudre de perlinpinpin. Mais il ne fallait pas regarder de l'autre côté du bouclier ; car le bon Génie des Lanternois y avait mis la vertu de faire voir l'Ogre tel qu'il était au naturel, et de découvrir aisément ce qu'il y avait de plus secret en lui. Celui qui avait le bon esprit d'y regarder, reculait d'épouvante en y contemplant un cœur tout desséché, dans lequel on voyait la fourberie, le mensonge, l'hypocrisie, le meurtre, la vengeance, l'impiété, l'inceste, l'adultère, et une soif de sang que rien ne pouvait étancher.

Et si par hasard me demandez comment ces objets étaient arrangés pour être visibles, et comment on pouvait découvrir tant de choses dans un cœur si petit, je vous répondrai que tout cela était l'ouvrage d'un Génie, et il est connu que les Génies font des choses admirables, bien qu'elles ne soient pas à la portée de tout le monde ; bref, suffit qu'on voyait tout cela sur le bouclier de l'Ogre ; de vous dire comment cela se pouvait, je n'en sais rien, pas plus que vous. Or il arriva une chose singulière, c'est que l'Ogre, qui connaissait bien le proverbe : *Dis-moi qui tu hantes,* etc. ne cherchait que des mangeurs de chair humaine comme lui ; à ceux-là il montrait son bouclier par-devant, tandis que les bons restaient avec méfiance en arrière et voyaient le vilain cœur de l'Ogre à découvert sans qu'il s'en doutât, et n'avaient garde de le suivre, ou de croire un mot des menteries qu'il débitait avec autant d'effronterie que les charlatans qui disent la bonne aventure aux imbécilles sur les places publiques. Partant les méchans furent les seuls qui suivirent l'Ogre ; et les bons le détestèrent encore plus qu'auparavant.

Pendant que les *chasseurs* délibéraient s'ils tueraient l'Ogre ou s'ils le suivraient, chacun d'eux crut entendre à part soi une voix secrète qui lui criait : « Sois fidèle à ton Roi ; » et déjà ils brandillaient leurs grandes lardoires pour embrocher l'Ogre, lorsqu'à leur grand étonnement, leur chef *Bédaloyère* se mit à crier : « Vive le grand Sultan ! » et courut se jeter aux pieds de l'Ogre pour lui lécher les mains et les bottes, en ordonnant à ses chasseurs d'en faire autant. Qui l'aurait pu croire ? En un clin d'œil tout passe du côté de l'Ogre, et ils entrent ensemble dans la ville des Dauphins.

Mais tout cela n'était rien, il fallait arriver à la ville des Vers à soie avant que les milliers de *Liliens* qui marchaient de tous côtés, n'eussent le temps de barrer le passage à celui qui s'avançait pour les dévorer. Aussi

Vertigo ne s'endormait pas; il avait donné l'éveil à tous ses enfans aux mains rouges; et ceux-ci que *Sulot* avait envoyés en toute hâte, se placèrent le long du chemin depuis la ville des Vers à soie jusqu'à celle des Dauphins. Le passage était scabreux; il fallait sauter des ruisseaux, franchir des montagnes, et presque toujours marcher sur des épines. Or il n'est personne de vous, mes bons amis, qui n'ait vu au moins une fois dans sa vie des couvreurs se jeter les tuiles le long d'une échelle, depuis le pavé jusque sur le toit. Le premier en prend une, la jette au second, qui la jette au troisième, ainsi de suite. Et voilà justement comment firent les *Tremblotins rouges* pour frayer le chemin au grand Ogre, qui devait mettre les mains couleur de sang en honneur; ils le prirent sur leurs mains, se le passèrent de l'un à l'autre : si bien qu'ils lui firent franchir montagnes, ruisseaux et vallons sans toucher terre, et sans se mouiller seulement la plante des pieds.

Et quand il fut arrivé, ainsi porté par les *Mains rouges*, devant la ville des Vers à soie, ils lui lurent encore une fois le traité qu'il avait signé avec leur papa *Vertigo*, lui recommandant de ne pas l'oublier; et pour l'en faire souvenir, ils mirent à chaque clocher de la route par où il devait passer, un grand drap au bout d'un bâton, et ce drap était composé de trois pièces de couleurs différentes; savoir, celle de l'innocence, celle des meurtrissures et de la colère, et la troisième celle du sang ; et voulaient dire par ces trois couleurs : « Verse-nous le *sang* de l'*innocence*, ou crains notre *colère !* » Et prirent tellement ces trois couleurs en affection, que les hommes aux mains rouges prirent dès ce moment-là le nom de *Tricolores*, que nous leur conserverons dans la suite de cette véridique et merveilleuse histoire.

CHAPITRE XIV.

Comme quoi Sanguinolente changea en moutons les lions déchaînés contre l'Ogre.

Les Lanternois furent bien ébahis un beau matin quand ils apprirent par leur Roi lui-même, que l'Ogre de Corse que l'on croyait bien enchaîné sur son rocher, s'avançait dans l'intention de les dévorer tous, ainsi que la Famille Royale. Grande fut d'abord l'épouvante que causa cette nouvelle; mais quand on sut qu'il n'avait avec lui qu'un millier de *grognards* et quatre pétards, on commença à se rassurer, et même à se réjouir, car beaucoup de personnes ne doutaient pas que le Génie des Lanternois n'avait permis cette équipée du mangeur d'hommes que pour en délivrer la terre, une fois pour toutes.

Désiré avait donné sur-le-champ l'ordre de courir sur l'Ogre et de l'amener mort ou vif; et ç'aurait été une folie d'en avoir la moindre inquiétude, en voyant tant de milliers d'hommes qui avaient juré de répandre jusqu'à la dernière goutte de leur sang pour conserver un Roi adoré, et qui méritait si bien de l'être. On fut donc bien étonné quand on apprit que l'Ogre avait laissé loin derrière lui les *Liliens* du pays des Olives qui étaient à sa poursuite. Mais il n'y eut qu'un cri d'indignation et d'horreur d'un bout du monde à l'autre, lorsqu'on sut que l'infâme *Bédaloyere* avait renié son Dieu et son Roi pour lécher les bottes de l'exterminateur de l'espèce humaine, et tout cela dans l'espérance d'avoir des échasses un peu plus hautès, et une lisière rouge un peu plus large.

Les Princes du sang Royal se hâtèrent d'aller à la ville des *Vers à soie* avec une troupe de chasseurs qui paraissaient bien déterminés à tuer la bête enragée; mais quand ces chasseurs furent arrivés, ils n'eurent pas plutôt jeté les yeux sur le bouclier enchanté de l'Ogre, et vu la ripaille qui leur était promise, que, reprenant soudainement leur ancien vilain goût pour le sang de mouton et la chair fraîche, ils laissèrent les Princes tout seuls, et coururent se ranger à côté de l'exécrable *Bédaloyere;* les Princes furent obligés de revenir dans la capitale chercher des *chasseurs* moins voraces et plus fidèles.

Au milieu du malheur épouvantable qui menaçait les Lanternois, Désiré seul ne craignait rien, seul il restait calme. Eh ! comment ne l'aurait-il pas été? Il ne voyait que des visages rians, et des bouches qui ne s'ouvraient que pour lui donner des bénédictions. Tous ceux qui l'entouraient ne cessaient de lui répéter que l'Ogre était tombé dans une grande souricière, qu'il était pris et qu'on allait le hacher menu comme chair à pâté. Mais le bon Roi ne savait pas que *Sulot*, *Vertigo*, *Caline*, *Sanguinolente*, et toute l'infernale séquelle des Génies infernaux et des mains rouges ne l'avaient entouré que d'hommes à deux bouches et à deux visages; et, depuis le Grand Veneur jusqu'au plus petit fouille au pot de sa cuisine, tous le louaient en face, tandis qu'ils lui tiraient la langue par derrière.

Cependant l'odeur cadavéreuse et celle des violettes envenimées dont l'Ogre et tous ses gens étaient empuantis, se rapprochaient tellement de la capitale, qu'on était déjà obligé de se boucher les narines; ce qui fit juger que le mangeur d'hommes n'était pas si loin que le disaient les *Tricolores* et les hommes à deux physionomies. Tous les Lanternois, qui trouvaient leur odeur favorite dans le parfum des lis (et c'était le très-grand nombre), se ralliaient autour du bon Désiré; et plus le danger approchait, plus ils lui témoignaient d'amour et de respect, bien différens en cela du méchant Nain couleur de pissenlit, qui devenait si impertinent, si insolent de minute en minute, qu'on fut obligé de lui mettre un bâillon pour le faire taire. En cette conjoncture parut un homme encore plus déloyal que *Bédaloyere*. C'était le grand veneur *Nye*, dont nous avons déjà parlé. Il vint se mettre à genoux devant Désiré, lui montra une grande cage de fer qu'il avait fait fabriquer pour y mettre l'Ogre, et pendant que d'une de ses vilaines bouches il assurait qu'avant deux soleils l'Ogre tiendrait compagnie dans la ménagerie royale à l'ours *Martin* et au grand singe *Coco*, de son autre bouche il criait à l'Ogre de l'attendre, qu'il lui ferait manger toute la Famille Royale en gibelotte ou en salmis. DÉSIRÉ, qui ne soupçonnait personne, parce que les bons cœurs sont toujours confians, le récompensa magnifiquement, et le mit à la tête d'une grande compagnie de *chasseurs* pour aller prendre l'Ogre. *Nye* empocha le cadeau d'une main, et de l'autre fit la nique au Roi, puis n'eut pas fait quatre pas avec ses *chasseurs*, qu'il les mena grossir la troupe des Ogrichons ; et, non content de cela, prit un porte-voix dans lequel se mit à corner partout : « Que l'Ogre et DÉSIRÉ s'étant amusés à jouer ensemble le royaume des Lanternes à la triomphe, DÉSIRÉ avait perdu la partie ; qu'en conséquence tous les chasseurs, piqueurs et grands veneurs, ne devaient plus reconnaître d'autre maître que le Grand Sultan, avec lequel chacun pourrait apprendre à gagner des royaumes à la triomphe, etc. »

Dès qu'on eut entendu les paroles de l'abominable *Nye*, la consternation se répandit partout ; mais sa félonie faisait encore plus horreur que sa démarche ne causait d'épouvante. Les bons Lanternois ne restaient cependant pas oisifs ; tous s'armaient de broches et de lardoires pour courir sur l'Ogre et ses limiers ; mais *Vertigo* avait tellement tout bouleversé, qu'on ne savait plus où l'on en était ; on n'y voyoit goutte, on marchait continuellement dans les ténèbres. A toute réunion d'hommes il faut des chefs, et tous ceux qu'on donnait aux braves *Liliens*, au lieu de les mener en avant, les faisaient aller à droite, à gauche, et quelquefois même à reculons : si bien que tandis que des milliers de bras s'armaient pour tuer l'Ogre, celui-ci, porté par les *Mains rouges*, s'avançait toujours vers la capitale sans recevoir une chiquenaude.

On déchaîna contre lui des chasseurs qui étaient de vrais lions; ils partirent en rugissant, et on croyait bien que l'Ogre n'échapperait pas à leurs griffes; mais dès qu'ils furent en sa présence, *Sanguinolente* n'eut que quelques mots à prononcer, qu'un coup de baguette à donner, et tous ces lions furieux furent subitement changés en doux moutons, qui, semblables à ceux de défunt Panurge, sautèrent tous les uns après les autres du côté de l'Ogre, dès qu'il eut réussi à en attirer un à lui, en lui offrant quelque chose à grignoter; et autant en advint à tous ceux qu'on envoya contre l'Ogre, et qui se laissèrent éblouir par son bouclier enchanté. Tous les Ogrichons à la demiration, espérant, à l'aide du grand

Ogre, manger encore sous peu le pot-au-feu de tout le monde; tous les animaux carnassiers, qui flairèrent de loin l'odeur du sang dont la peau du Sultan était encore imprégnée; tous ceux qui avaient tâté de la chair humaine, qui avaient goûté ou envie de goûter du sang de quelque Prince; tous les voleurs qui craignaient d'être pendus, ou de perdre le fruit de leurs rapines; tous les imbécilles à qui les compères des *Tremblotins rouges* avaient fait croire que les revenans devaient dans peu leur sucer jusqu'à la moelle des os; en un mot tous les enfans du Diable, qui ne voulaient plus entendre parler de Dieu, coururent grossir le cortége du grand dévorateur, qui s'avançait à l'ombre des draps tricolores que les *Mains rouges* avaient tendus partout, pour couvrir leurs projets, leurs extravagances et leurs crimes,

---

CHAPITRE XV.

Départ du bon Roi, et arrivée de l'Ogre dans la capitale des Lanternois.

—

Le matin du vingtième jour du mois que les anciens avaient consacré au dieu de la boucherie humaine, les habitans de la capitale des Lanternes coururent, comme à l'ordinaire, vers le château du bon roi Désiré, pour lui offrir leur vie et lui témoigner leur amour. Mais de quel effroi ne furent-ils pas saisis en arrivant, lorsqu'au lieu de la couleur chérie qu'ils aimaient à voir flotter sur le pavillon du milieu, ils aperçurent le drap mortuaire des *Tricolores*, sur lequel chacun pouvait lire en gros caractères : « *Mort*, *carnage*, *assassinats*, *vols*, *brigandages*, *soupçons*, *vengeances*, etc., toute la longue et dégoûtante kyrielle des ingrédiens dont les cuisiniers et marmitons de *Vertigo* devaient assaisonner le ragoût dont les *Mains rouges* voulaient repaître les Lanternois, au lieu des douceurs dont ils avaient joui sous le bon DÉSIRÉ.

DÉSIRÉ avait abandonné le château. Voyant que les *Tricolores* faisaient un pont de leurs mains rouges à l'Ogre, dont la troupe se grossissait, comme une boule de neige, de tous ceux qu'on envoyait contre lui, et que, dans le premier moment, l'Ogre et les Ogrichons, affamés par une diète de onze lunes, avaleraient par centaines les bons Lanternois qui voudraient défendre leur père, il avait mieux aimé s'en aller, que d'être la cause qu'un seul de ses enfans reçût le moindre coup de dent pour lui. Ah ! il fallait être présent lorsqu'il prit congé des fidèles gardes Lanternois qui l'entouraient : ils versaient des larmes, se jetaient à ses pieds, criaient, sanglotaient comme un bon fils qui vient de perdre son père ou sa mère. Désiré les pressait contre son cœur, mêlait ses larmes aux leurs, et s'arracha, enfin, de leurs bras en leur disant d'une voix émue : « Mes enfans, mes chers enfans, adieu ! nous nous reverrons bientôt, je l'espère. »

Et, tout le long de sa route, dans les villes, dans les villages, sur les chemins, partout où il passa, les hommes quittaient leurs travaux, les femmes leur ménage, les enfans leurs jeux, pour courir au devant de lui, le voir encore une fois, et le bénir. Partout on n'entendait que pleurs, que gémissemens ; c'était un deuil universel, une désolation comme si c'eût été la fin du monde ; et, lorsque sa voiture s'éloignait, on la suivait des yeux tant qu'on pouvait la distinguer ; des milliers de voix lamentables s'écriaient toutes ensemble, comme si elles n'en eussent fait qu'une, comme si tout le monde se fût donné le mot : « *O Prince chéri ! revenez, revenez bientôt !* »

Quel changement s'était opéré entre deux soleils ! La veille, la place du Château retentissait d'acclamations de joie, de cris d'amour ; on ne voyait que des figures sur lesquelles le bon Génie des Lanternois avait imprimé le cachet de la probité ; tout le monde avait l'air de se connaître, de s'aimer ; on aurait dit que tout cela ne faisait qu'une famille innombrable de frères vertueux, bien élevés, qui venaient, dans la pureté de leur cœur, offrir les marques de leur tendresse au meilleur, au plus aimé des pères ; et, le lendemain, quel hideux spectacle ! des milliers d'animaux immondes, sortis de deux ou trois bourbiers que les *Tricolores* avaient remués ; des spectres couverts de haillons, lançant du feu par les yeux et des tourbillons de vapeur de brandevin par leurs larges bouches, criaient, avec leur voix rauque et sépulcrale : « Vive l'Ogre ! vive la Mort ! à bas le Père éternel ! » C'était un mélange épouvantable de diables et de furies.

Et chacun de ces hideux squelettes vivans avait son cri particulier, comme les différentes espèces d'animaux ; mais comme c'étaient tous des corps sans âme, par conséquent sans volonté, sans principes et sans intention fixe, ils ne parlaient, ne criaient, n'agissaient enfin que suivant la dose de liqueur ardente que *Vertigo* et les *Tricolores* insinuaient dans leur gosier desséché : de sorte que l'un criait pour deux liards, l'autre pour six blancs ; celui-ci était humecté pour un jour, celui-là pour une heure ; et, leur temps fini, si l'on n'arrosait pas de nouveau, tous redevenaient muets, ou ne retrouvaient de voix que pour crier : « *A boire! à boire! à boire!* »

Ces hurlemens durèrent toute la journée, au milieu de la consternation générale. Tous les oiseaux de proie, tous les animaux voraces, groupés devant le Château désert, attendaient avec impatience l'arrivée de leur grand pourvoyeur; mais il ne venait pas; cependant il avait commandé son dîner depuis plusieurs jours. Dans la ville des Vers à soie, il avait déclaré que, pour prouver aux Lanternois qu'il avait perdu son grand appétit, il ne demanderait pour son premier repas dans la capitale, qu'une fricassée de treize *Liliens* des plus blancs, de ceux qui avaient dit à DÉSIRÉ : « *Venez !* » et à lui : « *Va-t'en !* » A la vérité, il avait ajouté qu'après s'être régalé de la fricassée des *treize*, il avalerait leurs maisons, leurs jardins, leurs bois, et jusqu'à leur dernier sou pour son dessert; mais ceux-ci, qui connaissaient l'Ogre, n'attendirent pas que les cuisiniers vinssent les embrocher, et suivirent le bon Roi en chantant au friand de leur chair : « *Ne vendez pas la peau de l'Ours*, etc. »

L'Ogre pourtant n'était pas trop rassuré; les *Mains rouges* avaient beau le porter et le pousser en avant, il craignait, en entrant dans la capitale, d'être étranglé par les *Mains blanches,* qui ét[illegible]t en très-grand nombre. Si tant seulement les *Liliens* fussent venus au-devant de lui, il leur aurait fait voir son bouclier par-devant; mais non, ils ne voyaient que le revers, qui leur montrait son vilain cœur à découvert, et par là s'augmentait la haine qu'ils avaient pour lui. Comme il tremblait d'avancer, et qu'il était trop tard pour reculer, la fée *Tremblotte* le changea en hibou, l'enferma dans une cage couleur de nuit; pour plus grande sûreté, l'enveloppa d'un nuage bien sombre; et, pendant qu'on l'attendait d'un côté, des chauves-souris et autres oiseaux nocturnes le portèrent de l'autre, entrèrent par une issue secrète, et le déposèrent au milieu d'un salon du Château, où il reprit sa figure naturelle d'Ogre, et oublia bientôt ses craintes en caressant sa petite *Hortensia*, qui ne le quitta pas de la nuit.

CHAPITRE XVI.

Le Mari sans femme, et le Père sans enfant.

PENDANT son voyage, l'Ogre avait bien vu qu'il aurait de la peine à faire bombance comme auparavant. Dans le pays des Lanternes, il ne voyait pour lui que des dindons bien maigres, bien étiques, à qui il ne resterait plus que la peau et les os quand il leur aurait enlevé les quatre ou cinq mauvaises plumes qu'ils avaient sur le dos. Les Ogrichons et les *Tricolores* ne venaient à lui que pour manger, et n'étaient pas d'humeur à se laisser croquer : si bien qu'il voyait tous les *Liliens* et les *Anticorses* prêts à fondre sur lui pour le mettre en capilotade. D'après le conseil de *Caline*, il se mit dans la tête de les tromper tous; mais ce n'était pas chose facile. N'importe : voici comment il s'y prit.

Il commença par lâcher des perroquets, qui voltigeaient de maison en maison, de ville en village, en répétant partout qu'il n'y aurait plus de promenades forcées; que dorénavant chacun pourrait garder ses deux jambes, excepté ceux qui voudraient bien se les faire casser pour lui faire plaisir. De plus, les perroquets de l'Ogre disaient qu'il n'était revenu que sur l'invitation des Lanternois, qui ne pouvaient plus vivre sans lui ; que le Roi des aigles à deux têtes, son beau-père, allait lui ramener la Princesse sa fille et son épouse, de même que son roi-poupon, et qu'à leur arrivée les allouettes tomberaient toutes rôties dans la bouche des Lanternois.

« Diable! disaient les gobe-mouches, et il n'en manquait pas dans ce pays-là ; diable ! si le beau-père est d'accord avec notre Sultan, à eux deux ils ne feront qu'une bouchée des *Anticorses* et des *Liliens*. Attendons la Princesse. » Et les gobe-mouches de demander à tout moment : « Quand vient-elle? où est-elle? » Et les perroquets de dire : « Demain, après-demain, à Pâque, à la Trinité. » Mais il en était d'elle comme de Malbrough; Pâque et la Trinité se passent, et la Princesse ne venait pas.

Elle n'avait garde de venir. L'Ogre n'était pas encore débarqué, que *Tremblotte*, d'un coup de baguette, avait fait sortir un million d'*Anti-corses* de dessous terre, tous armés de lardoires, tous disposés à venir embrocher l'Ogre, qui allait recommencer à dévorer de plus belle. Et quand même la Princesse aurait voulu rejoindre son insatiable époux, pas n'était possible de passer à travers la haie d'hommes qui barraient les chemins. L'Ogre était, comme on dit, dans ses petits souliers; *Sanguinolente* lui avait conservé son appétit ordinaire, et on ne lui donnait pas un homme à mettre sous la dent. Les *Tricolores* et leur papa *Vertigo* lui avaient fait accroire qu'il n'avait qu'à se montrer, que chacun lui tendait les bras ; et il ne voyait, au lieu de cela, que gens qui lui tournaient le dos. Quant aux squelettes déguenillés qui venaient braire sous ses croisées lorsque la liqueur magique faisait son effet sur leurs gosiers à ressorts, ils étaient si sales, si piteux, si puans, si dégoûtans, que, quand même son appétit eût été cent fois plus grand, il n'aurait pu y toucher sans se sentir soulever le cœur. Il avait beau dire aux *Tricolores* : « J'ai faim ; » *Carton*, qui était remonté sur ses échasses, et qui n'avait pas de poudre dans les yeux comme autrefois *Brasar*, lui montrait des dents encore plus longues que les siennes, et disait : « Patience, Sultan ; vous mangerez après nous. »

Le premier soin de l'Ogre avait été de nommer des cuisiniers en chef tant pour sa table, que pour régler celle des Lanternois ; et les avait choisis parmi ceux qui entendaient le mieux l'art d'assaisonner un morceau de Roi ou de Prince, dont il avait grande envie, et ceux qui jadis approvisionnaient les garde-manger des morceaux les plus délicats. Or cette fois-ci, il avait beau envoyer ses marmitons pour chercher quelque morceau au garde-manger, ils revenaient les mains vides ; sur quoi se mettait en colère et *Carton* aussi, et ne pouvaient comprendre, ni l'un ni l'autre, que leur cuisine fût si mal approvisionnée. Ils ne savaient pas que le bon Génie des Lanternois avait purifié le cœur de celui qui était chargé des grands approvisionnemens, de sorte qu'au lieu de travailler à satisfaire la voracité de l'Ogre, il ne s'occupait que des moyens de lui couper les vivres, de préparer insensiblement le retour du bon DÉSIRÉ, de réparer le mal que le mauvais génie *Vertigo* lui avait fait faire autrefois, et de mériter par ce moyen les bénédictions de tous les Lanternois présens et à venir.

CHAPITRE XVII.

Rétablissement des porte-voix et des échos du mensonge.

Les Ogrichons à la demi-pitance, qui s'étaient tant réjouis du retour de leur maître, parce qu'ils espéraient que chacun d'eux aurait de quoi manger comme quatre, s'ennuyaient d'ouvrir des bouches larges comme des portes charretières, et de voir que rien ne tombait dedans. Ils trouvaient que la fumée dont l'Ogre les nourrissait (car il ne leur donnait que cela), ne valait pas la demi-pitance que DÉSIRÉ leur avait assurée, mais pas n'osaient l'avouer, de peur de servir de risée aux *Liliens;* ils se nourrissaient d'espérances, en attendant mieux. Pendant ce temps les *Tricolores* et l'Ogre-Sultan s'étaient amusés à rétablir partout les porte-voix et les échos du mensonge.

A la tête de la plus grande fabrique de menteries qu'on ait jamais vue, voire même sur les bords de la rivière des Craqueurs, fut mis le docteur *Renugalt*, l'artiste le plus expérimenté en icelle science. Et fit celui-ci construire une machine à menteries, qui faisait l'admiration de tout le monde. Cette machine, par le moyen de ressorts que je ne peux trop bien vous expliquer, lançait, tous les jours, une grêle de mensonges, écrits sur des bulles de savon, qui duraient plus ou moins de temps, suivant le poids et le calibre de la menterie qu'elles faisaient circuler. Il y en avait qui, au besoin, duraient une heure, d'autres un jour, suivant l'intention du machiniste. On voyait les gobe-mouches, la bouche béante, à l'affût des bulles de savon. Ils lisaient le mensonge qu'elles contenaient, et se les soufflaient de gobe-mouche en gobe-mouche, jusqu'à ce que la bulle, faisant explosion, disparût avec la fausse nouvelle. Mais elle n'était pas perdue pour cela. Les porte-voix, placés à chaque carrefour, la cornaient à toutes les oreilles, et les échos la répétaient partout jusqu'à ce qu'une seconde menterie vînt faire oublier la première.

Sur la plus grosse et la première bulle de savon qui fut lancée, on lisait que l'Ogre était venu avec un passe-port signé de tous les rois de la terre, qui regrettaient le bon temps où il venait dévorer leurs sujets par centaines de mille, et avaler leurs villes comme un autre avale une huître de Cancale. Cette bulle fut remplacée par celle qui annonçait que la femme et le poupon de l'Ogre devaient, au premier jour, arriver dans un ballon, pour se faire coiffer des mains de Sa Majesté Ogrichonne dans le grand Champ du Dieu des boucheries, en présence de tous les Lanternois; ce qui devait faire un spectacle admirable, attendu que l'Ogre devait être porté ce jour-là par des millions de mains sur la chaise enchantée; on devait lui donner un repas magnifique : le beau-père devait faire une battue avec trois cent mille chasseurs, prendre tous les *Anticorses*, et en faire un hors-d'œuvre assez friand pour mettre son gendre en appétit.

Tantôt les *Anticorses* s'étaient dévorés entre eux; les plus gros avaient mangé les plus petits; et tous ceux qui avaient échappé venaient à la file les uns des autres pour briguer l'honneur de servir de pâture à l'Ogre-Sultan. On vit une bulle de savon annoncer qu'il devait arriver incessamment sept ou huit cents voitures chargées de lingots d'or et d'argent que *Bon-à-part* avait fait tirer des entrailles de l'île des Mines, où l'on ne trouve que du fer et des pierres pour se casser le cou. Mais il fallait entendre surtout les milliers de porte-voix qui ne cessaient de répéter que l'Ogre avait été appelé par tous les Lanternois : chacun, étourdi de ces menteries, avait beau dire : « *Moi, je n'ai rien dit;* » tant d'échos répétaient si souvent la même chose, que, si cela avait duré plus long-temps, on aurait fini par le croire. Aussi ressemblait-on à des gens qui se réveillent après avoir fait un rêve; on se tâtait pour savoir si l'on dormait ou si l'on était bien éveillé. Et de fait, qui n'aurait pas cru rêver en voyant les horribles portraits que tous ceux qui sentaient tant soit peu l'Ogrichonnerie, faisaient de Désiré et de toute son auguste famille? A en croire les porte-voix des *Tricolores*, il avait forcé les Lanternois de faire plus de cent lieues à reculons, et, qui pis est, les yeux bandés; et si l'Ogre n'était venu à point nommé pour les éclairer, ils seraient tous tombés dans des précipices sans fond. L'Ogre n'était qu'un petit mangeur à côté de lui, et dans peu de temps le Roi aurait fini par tout avaler. Le mal qu'il n'avait pas fait, il devait le faire. Quand les Lanternois disaient: « Mais Désiré nous laissait vivre, chanter et rire en paix, » les *Tricolores* répondaient: « Taisez-vous! vous ne savez ce que vous dites; il vous faisait jeûner, souffrir et pleurer. »

Et les Ogrichons à qui le Roi avait laissé de quoi faire deux bons repas par jour, faisaient chorus avec les *Tricolores* en soutenant qu'on les avait mis au pain et à l'eau.

On n'aurait jamais fini si l'on voulait raconter tous les contes que la grande fabrique lançait par minute, par heure et par jour. On vantait la joie que tout le monde ressentait du retour de l'Ogre, tandis que d'un bout à l'autre du pays des Lanternes, on pochait les yeux à ceux qui en disaient deux syllabes de bien. On disait qu'il n'y aurait plus de grande chasse, et l'on recommandait aux Ogrichons de préparer leur poudre et leur plomb, pour aller chasser dans le pays des Fumeurs, pays qu'on regardait déjà comme un à-compte sur ceux qu'on espérait avaler.

Cependant les *Tricolores*, tenant toujours le traité de *Vertigo* à la main, harcelaient l'Ogre et le sommaient de faire goûter aux Lanternois leur plat d'indépendance, assaisonné d'une sauce à la jacobine dont ils étaient si friands : comme l'Ogre n'était pas le plus fort, il le promit et fit annoncer, par ses porte-voix, aux principaux chefs de cuisine des Lanternois, qu'il les attendait à tel jour et à telle heure dans le grand Champ pour assaisonner à leur goût le plat délicieux dont il voulait régaler les Lanternois.

CHAPITRE XVIII.

Le Roi palefrenier et le grand balai.

Comme l'Ogre faisait du mauvais sang ! Dès qu'il voulait dire une parole, les *Tricolores* lui mettaient la main sur la bouche pour le faire taire. Voulait-il se fâcher, crac, on lui montrait son traité, et il était obligé de filer doux. Aussi on ne le reconnaissait plus ; toutes ses paroles étaient douces comme du miel ; il n'avait plus de vouloir ; il promettait des montagnes d'or à tout le monde, et plus n'avait d'appétit du tout pour la chair fraîche. Voilà pour ceux qui ne voyaient que le devant du bouclier enchanté; mais ceux qui voyaient le revers ou qui ne le voyaient pas du tout, n'étaient pas la dupe de ses belles promesses; on avait aperçu les griffes du tigre dans un pli de sa peau retournée; et l'on savait bien que s'il faisait patte de velours, parce qu'il était encore le plus faible, il ne tarderait pas à griffer et à mordre quand il serait le plus fort.

Les millions d'*Anticorses* qui tous les jours s'approchaient de quelques pas pour le larder, les milliers de Lanternois qui se rebiffaient partout contre les Ogrichons, l'empêchaient de s'asseoir d'à plomb sur la chaise enchantée; il n'avait jamais qu'une fesse posée sur le bord, et était toujours près de cheoir au moindre mouvement. Il jetait les yeux de tous côtés pour voir s'il ne trouverait pas quelqu'un qui voulût l'y mettre tout-à-fait et le maintenir en équilibre; mais néant! personne ne venait. Jugeant les autres d'après son appétit, il avait fait offrir les meilleures choses du monde à son beau-père; mais tous ses commissionnaires revenaient avec leurs paquets, qui n'avaient pas été décachetés, et, pour tout honneur et paiement de leur commission malencontreuse, étaient obligés de se contenter des coups de pied au cul qu'ils avaient reçus des portiers du beau-père, que la grande fabrique des menteries ne se lassait pas de faire arriver avec sa femme et son petit poupon. Les gobe-mouches étaient trompés vingt fois par jour, et se laissaient encore tromper vingt fois le lendemain ; et pour se consoler s'en allaient dans les rues en chantant : *Va-t'en voir s'ils viennent*, etc. ; ou bien : *Où est-il le petit nouveau né?* etc.

Mais le Sultan mal assis comptait sur un sien beau-frère, le Roi palefrenier, dont nous avons déjà parlé. Il tenait toute la journée sa lorgnette braquée sur le royaume du Volcan, pour voir si *Mutar* ne venait pas à son secours. Mais *Mutar* ne venait pas plus que les autres ; et si ce n'était pas sa faute. Dès qu'il avait appris que *Bon-à-part* était rentré dans le royaume des Lanternes ; *Mutar* se rappelant les croquignoles qu'il avait données à son frère l'Ogre pris à l'hameçon, et sachant que celui-ci, qui n'avait jamais rien pardonné, pourrait bien un jour se venger, crut qu'il n'avait rien de mieux à faire que de travailler pour lui, afin de faire oublier sa traîtrise. Et pour ce voulut de toute l'Ausonie ne faire qu'une bande de chasseurs et une meute assez considérable pour prendre tous les *Anticorses*, ou pour les attirer et les faire tomber dans les piéges à loup et les traquenards qu'il se mit à pratiquer partout. Mais les lièvres d'Ausonie étaient des animaux trop timides pour se changer tout d'un coup en chiens courans ; *Mutar* crut qu'il les aguerrirait en employant les mêmes moyens dont avaient usé

Vertigo et les *Remuans* dans le pays des Lanternes.

Le voilà donc qui laisse là son Volcan, marche avec tous ses chasseurs et se met à parcourir toute l'Ausonie en criant et faisant crier par dix mille porte-voix : « Le Roi *Mutar* invite tous les Ausoniens à venir se régaler avec lui du fameux ragoût à l'indépendance. » Ce fameux ragoût *à l'indépendance*, qui dans le fond n'était qu'un miroton *à la jacobine*, réchauffé, eut bientôt attiré autour de lui toute la foule des gourmands, qui couraient comme des lapins pour goûter d'un mets qu'ils ne connaissaient pas, sans s'inquiéter s'ils en auraient une indigestion. Bientôt si nombreuse fut la troupe des affriandés qui marchaient toujours sans savoir s'ils se mettraient à table, que partout où ils passaient, ils étouffaient les chasseurs du Roi des aigles à deux têtes, lorsqu'ils ne se sauvaient pas à toutes jambes. Et *Mutar*, qui avait été élevé dans l'ogrichonnerie, voyant tant de monde à ses ordres, croyait déja qu'à l'exemple de son doux maître il pourrait se faire un passe-temps d'avaler des royaumes, et commençait déjà à chanter victoire, lorsque le Génie du royaume des aigles à deux têtes, indigné qu'un valet d'écurie causât tant de désordre dans un des plus beaux pays du monde, tira de son arsenal un grand balai, et, se postant sur une montagne de l'Ausonie, se mit à balayer pêle-mêle, à droite et à gauche, le Roi *Mutar* et ses affamés. Dame! fallait les voir sauter, et courir pour échapper au fatal balai! ils se cachaient dans des trous de souris, se sauvaient par des chemins où jamais homme n'avait passé; mais ils avaient beau faire, le grand balai les trouvait partout, les dispersait comme la poussière; et, en moins de temps que je n'en mets à vous le conter, de tous ceux qui avaient accompagné le Roi palfrenier, tout disparut, tout fut dissipé, plus ne fut question de ragoût à l'indépendance, plus n'en voulurent tâter ceux même qui avaient été les plus alléchés, car le grand balai ayant fait tomber par hasard ou autrement le couvercle de la grande marmite dans laquelle *Mutar*, aidé de quelques marmitons *tricolores*, faisait mitonner ce ragoût tant vanté, ceux qui passèrent à côté y virent des choses si dégoûtantes, qu'ils en perdirent l'appétit pour toujours.

Quant à *Mutar*, il ne savait où se fourrer pour échapper aux coups du balai qui lui faisait faire des bonds comme à un cabri, et maudissait le mauvais Génie qui lui avait mis dans la tête l'idée de travailler pour l'Ogre, quand un coup de balai plus chenu que les autres lui fit faire un saut par-dessus les montagnes des Marmottes, et le fit bondir jusque dans le pays des Olives, où il dit adieu pour toujours à son royaume du *Volcan*, qu'il venait de perdre aussi lestement que s'il l'eût joué à pair ou non. Et quoique le grand balai ne le fît plus danser, il ne put cependant rester tranquille dans le pays des Olives. Là on faisait danser les olivettes à tous ceux qui sentaient tant soit peu l'ogrichonnerie; et comme *Mutar* n'avait plus envie de danser, il se sauva dans les montagnes, tout seul, et déguisé en loup-garou, couchant de caverne en caverne, sans oser se montrer à âme qui vive; et le plus drôle de l'histoire, c'est que dans le temps même qu'il faisait un saut chaque fois qu'il voyait son ombre, s'imaginant que c'était quelqu'un qui venait le chercher pour le faire danser en l'air; dans ce même temps-là, les porte-voix du mensonge disaient à qui voulait l'entendre, que *Mutar* arrivait avec un million d'hommes pour affermir l'Ogre sur la chaise enchantée, qui branla sous lui plus que jamais quand le Roi Palfrenier eut disparu : et on put dès lors deviner qu'il ne tarderait pas à être balayé comme son beau-frère.

CHAPITRE XIX.

Comme quoi l'Ogre fut changé en mannequin par les Remuans.

L'OGRE, d'après l'avis de *Caline*, faisait tout ce qu'il pouvait pour cacher la faim canine qui le tourmentait, quoique de temps en temps il lui échappât encore de dire : « *J'ai faim.* » Mais les *Tricolores*, qui l'avaient fait venir, lui coupaient sa part et ne lui donnaient pas un zeste de plus ; point de moutons à saigner, pas un pauvre petit royaume à croquer : oh dame ! pour un Ogre affamé, il y avait de quoi devenir fou. Il avait beau amorcer le poisson qu'il voulait faire frire ; il avait beau adoucir sa voix pour dire aux moutons Lanternois qu'il voulait rôtir : « Petits, petits ! venez ! venez ! » les petits lui tournaient le derrière et fuyaient bien loin. Or donc, ne voyant autour de lui que des animaux sur lesquels il ne pouvait pas mordre, il pria *Vertigo* de lui fournir des approvisionneurs pour aller lui chercher du gibier dans les provinces. Le mauvais Génie remua encore une fois la mare infecte, et, du fond du bourbier fit sortir une brigade de monstres moitié hommes, moitié tigres, que l'Ogre nomma ses commissaires extraordinaires aux approvisionnemens de chair humaine. Et bientôt il n'y eut pas dans le pays des Lanternes une bourgade, une bicoque où l'on ne trouvât des *Tricolores* chargés de marquer les morceaux les plus délicats; pas une ville où l'on ne trouvât un *homme tigre*, chargé de rassembler dans les différens garde-manger les pièces que les *Tricolores* avaient désignées. Et choisissaient, ces grands approvisionneurs, de préférence tout ce qui marchait tête levée, et ceux qui avaient les mains les plus blanches, sachant bien que tout ce qui avait les mains rouges n'était bon ni à rôtir ni à bouillir.

Mais on se contentait de remplir les garde-manger, on n'osait pas encore préparer ouvertement la cuisine de l'Ogre. Il était mille fois trop petit pour faire peur à personne : aussi, qui sait à quelle sauce on l'aurait mis, n'eussent été les Ogrichons poussés par l'habitude, les *Chasseurs* à qui le bouclier enchanté avait donné la berlue, et les *Tricolores* surtout, qui s'en servaient, comme d'un épouvantail, pour faire trembler les *Liliens*, qui néanmoins faisaient bonne contenance, se bouchaient les oreilles aux paroles de l'Ogre, et n'écoutaient que les discours consolans de DÉSIRÉ, qui, du pays des Fumeurs, où il s'était retiré, trouvait bien moyen de se faire entendre tous les jours à ses enfans.

La noble, la vertueuse fille du Roi-Martyr, la douce consolation du Roi Désiré, à la nouvelle du danger que courait son oncle chéri, avait, comme par enchantement, revêtu tout d'un coup la bravoure, le courage, la patience, l'intrépidité qui font les héros; la femme la plus douce était devenue un grand homme, qui, à la tête de guerriers fidèles, enflammés par son exemple sublime, au nom vénéré du meilleur des Rois, réchauffait tous les cœurs et les remplissait d'une haine implacable contre le dévorateur des Rois, l'exterminateur de l'espèce humaine. Aussi, partout où la terre avait été sanctifiée par les pas de l'illustre héroïne et de son noble et preux époux, point n'osèrent se présenter les *Rouges*, approvisionneurs de l'Ogre; ou, s'ils s'y présentèrent accompagnés de quelques bandes d'Ogrichons enragés, ils trouvèrent les garde-manger trop petits pour y renfermer tout le gibier, qui, par sa blancheur et sa délicatesse, appartenait à l'Ogre par les lois de *Vertigo*; et aimèrent mieux laisser courir le tout en liberté, que de risquer de se faire étouffer par la trop grande quantité.

Cependant les *Tricolores* et l'Ogre étaient amis comme chiens et chats; ils souriaient en se regardant, se faisaient la grimace en se retournant, et jouaient ensemble comme le chat avec la souris qu'il veut croquer; et les *Tricolores*, qui connaissaient l'Ogre pour un sournois et pour un faux frère, voulant le prévenir en malice, communiquèrent leurs craintes à *Vertigo*, qui leur prêta sa baguette, avec laquelle, un beau matin, ils le changèrent en un véritable *mannequin* à ressorts. Ils lui conservèrent sa taille et sa figure ordinaire; mais plus ne pouvait l'Ogre dire un mot ni faire un pas sans la permission des *Tricolores*. C'était une chose plaisante que de voir *Carton*, tenant dans ses mains les fils du *mannequin*, et lui disant: « Mannequin, mon ami, crie: Vive la sauce à l'indépendance! Mannequin, petit mannequin, baise les mains rouges. Allons, notre mannequin, crie: Vive la boue! vivent les enfans de la boue! » Et le *mannequin* de répéter tout ce que les *Tricolores* lui disaient; et les *Tricolores* de l'affubler de toutes sortes de costumes à leur manière; et de le coiffer d'un bonnet de la couleur de leurs mains.

L'Ogre, qui avait conservé tout son caractère en perdant son pouvoir, jurait, pestait quand il était seul; il criait, il écumait, il tombait du haut-mal, et invoquait à grands cris *Sanguinolente*. Celle-ci, qui ne trouvait pas son compte au repos de l'Ogre, accourt un jour, touche l'Ogre de sa baguette, en disant: « Je te rends ton pouvoir pour deux heures; mets-les à profit. »

CHAPITRE XX.

De la ratatouille que l'Ogre fit servir aux Lanternois.

De tout ce qui faisait le plus de mal au cœur à l'Ogre mannequin, c'était la promesse qu'il avait faite aux *Tricolores* de nourrir les Lanternois à la *jacobine*. Dans sa jeunesse, il avait été marmiton dans la grande cuisine où se préparaient ces ragoûts empoisonnés, inventés par *Vertigo*, et qui avaient perdu tant de têtes. Il savait que le premier effet du ragoût *à l'indépendance* était de donner le goût du sang à tous ceux qui en tâtaient ; et il se disait à part soi : « Si tous les Lanternois en prennent leur part, il ne restera rien pour moi. » Le second effet du ragoût était de donner le délire : dans les accès de fièvre qu'il occasionnait, les malades cassaient la tête à ceux qui étaient plus grands qu'eux ; et l'Ogre, qui avait la manie de se croire toujours le plus grand des hommes, n'avait pas la moindre envie de se faire casser la tête.

Dès que *Sanguinolente* lui eut rendu son pouvoir pour cent vingt minutes, il fit venir sur-le-champ son aide de cuisine le docteur *Renugalt*, expérimenté dans l'art de déguiser les plats, et de faire paraître frais des mets déjà cinq ou six fois réchauffés. Celui-ci, consulté, tira de sa bibliothèque *le Cuisinier Ogrichon*, alla à l'office, d'où il rapporta une énorme quantité de ragoûts qui avaient été laissés là et oubliés depuis le départ de l'Ogre pour l'île des Mines; et nos deux empoisonneurs de jeter tous ces vieux rogatons pêle-mêle dans une grande marmite, et de remuer si bien le tout ensemble, que le plus fin gourmand n'y aurait rien reconnu; mais comme tout cela avait un goût de rance, d'aigre et de moisi, qui prenait au nez et qui soulevait le cœur, et principalement un grand plat de vieilles bêtes coriaces, que l'Ogre, dans ses grosses plaisanteries, appelait des *Pères*, parce que point ne se trouvait de femelle parmi ces animaux-là, fallait trouver un moyen de faire avaler tous cela aux Lanternois ; car le moindre effet de tous ces articles de cuisine Ogrichonne, était de changer en moutons ceux qui y prenaient goût, et en moutons qui d'eux-mêmes tendaient le dos pour se faire tondre, et couraient, en bondissant et bêlant de joie, se faire embrocher. Pour déguiser cela, et affriander les gosiers Lanternois, *Renugalt* tira de l'office de Désiré quelques restes des douceurs dont ce bon Roi avait régalé ses enfans ; il en prit quelques articles qu'il mêla aux rogatons de l'Ogrichonnerie, et du tout fit une ratatouille de quatre ou cinq mille espèces de vieux mets qu'on ne voyait pas, à l'exception de *soixante-sept* qu'ils avaient mis en évidence, pour donner un air de fraîcheur et de nouveauté à la dégoûtante ratatouille. Et n'était le tout composé, mitonné, bouilli et délayé ensemble, que pour faire avaler le soixante-septième article de la ratatouille, dont nos deux cuisiniers attendaient un effet merveilleux : c'étaient des ingrédiens qui devaient tourner la tête de père en fils, changer la volonté de ceux qui n'étaient pas encore nés, et faire que l'Ogre et les siens seraient encore tout-puissans quelques milliers d'années après leur mort. De vous dire comment pouvait se faire une chose qui n'est pas possible, ne l'attendez pas de moi; ne peux vous dire autre chose sinon que l'Ogre croyait fermement que si les Lanternois trempaient seulement le bout de leurs doigts dans la sauce de sa ratatouille, il retrouverait bientôt assez de forces pour avaler encore les royaumes qu'on lui avait fait rendre.

Vous vous rappelez que l'Ogre avait invité les principaux chefs de cuisine à venir dans le grand Champ pour travailler avec lui; et tous ceux qui depuis si long-temps étaient restés à rien faire, se réjouissaient d'avance de tourner encore une fois la sauce *à la jacobine*. Ils furent donc bien penauds et bien dolens quand ils reçurent une seconde invitation et une lettre d'avis, qui leur annonçait que l'Ogre avait fait sa ratatouille lui-même, et qu'ils n'auraient rien à faire qu'à compter ceux qui en voudraient manger. Mais les plus émerveillés furent les *Tricolores*, quand ils virent que leur mannequin s'était émancipé et avait parlé et remué sans eux : bien qu'ils fissent une laide grimace, ils résolurent de jouer au fin et de ne rien dire pour le moment. Ils se contentèrent de faire répéter par tous les porte-voix que la ratatouille de l'Ogre était un chef-d'œuvre de cuisine *à l'indépendance ;* et comme les mots ont souvent plus de pouvoir que les choses, et surtout les mots qui sont grands et insignifians, il ne fut bientôt question que de la sauce *à l'indépendance ;* c'était à qui manifesterait son désir d'en tâter, excepté pourtant les *Liliens*, qui, en voyant les dégoûtans cuisiniers et marmitons qui y travaillaient, n'étaient aucunement tentés de goûter de leur ratatouille empoisonnée.

Cependant les *Anticorses* s'approchaient toujours; l'Ogre, qui ne se sentait pas de force, faisait le calin, envoyait des billets doux partout pour faire des complimens à ceux qui venaient lui couper les oreilles; mais il en était pour son encre et son papier: ses commissionnaires revenaient tous avec leurs billets cachetés; partout on leur fermait la porte au nez; fallut donc songer à se défendre. Par le conseil des *Tricolores*, qui croyaient que les Lanternois étaient assez goulus pour se faire tous casser bras et jambes pour une bouchée de ragoût *à l'indépendance*, le Sultan mal assis fit annoncer par la grande fabrique de menteries, par tous les porte-voix et les échos du mensonge, que les *Anticorses* ne venaient que pour avaler les mets qu'il leur avait apprêtés; et que, pour augmenter le plat, ils se proposaient d'y fricasser tous les enfans et les femmes des Lanternois. Et pour prouver qu'il n'était plus si exigeant qu'auparavant, il leur dit qu'au lieu de donner tous les ans, ou tous les six mois, des ordres de promenades comme par le passé, il se contenterait cette fois-ci, de former une bande de chasseurs de deux millions quatre cent cinquante cinq mille quarante Lanternois, sans compter tous les autres qu'il saurait bien forcer de le suivre de bonne volonté.

CHAPITRE XXI.

Le champ des Mais.

Dès que les échos du mensonge eurent répandu la nouvelle que le Sultan échappé était parvenu à mettre une fesse sur la chaise enchantée; dès que les porte-voix eurent répété quelques millions de fois que l'Ogre était devenu tout mouton et qu'il ne voulait plus manger de chair humaine, à moins qu'on ne se fît cuire de bonne volonté; tous les membres de la famille Ogrichonne, qui étaient dispersés de par le monde, accoururent avec des bottes de sept lieues dans la capitale des Lanternois, pour voir si le frère l'Ogre n'avait pas encore quelque petit royaume à leur donner. La mère *La Joie*, qui était bien la femme la plus chiche et la plus fesse-mathieu qu'on eût jamais vue, ne fut pas la dernière à venir. Comme tous ses jupons avaient été frippés par les princesses à moustaches de l'île des Mines, elle se jeta en arrivant, comme une furie, sur les nipes d'une princesse du sang royal. Les Lanternois crurent avoir la berlue quand ils virent arriver aussi le frère qui autrefois avait régalé l'Ogre d'un coup de poing sur la mâchoire. Chacun se demandait : « Que vient donc faire ici le prince *Toutou*? » (C'était le nom qu'il avait pris depuis quelque temps.) Il y avait de bonnes gens qui s'imaginaient qu'il venait faire quelque bonne querelle d'allemand à son ogre de frère. Mais furent bien désabusés quand ils virent le prince *Toutou* se goberger effrontément dans le palais d'un prince lanternois; quand ils virent qu'il taillait, qu'il rognait comme si tout lui eût appartenu, et que chaque jour il avalait quelques centaines de bouteilles du bon vin que le prince y avait laissé. « Oh, oh! disait-on, le prince *Toutou* est un Ogrichon et un voleur comme les autres. » Il fit bien mieux. Il y avait une place où l'on vendait de petits papiers, qui valaient de l'or quand il y avait de bonnes nouvelles, et qui ne servaient qu'à faire des papillottes quand cela allait mal. Et comme la violette n'était pas couleur de rose à son arrivée, il fit acheter, en débarquant, la charge d'un âne en petits papiers pour quelques liards qu'il avait apportés, et fit annoncer, le lendemain, que le pays des Lanternes allait se changer en pays de Cocagne, où l'on n'aurait plus besoin que d'ouvrir la bouche pour manger; et par ainsi trouva le moyen de faire avec les petits papiers assez d'or pour se rouler dessus, s'en chamarrer, lui et ses laquais, depuis la tête jusqu'aux pieds, et faire ripaille aux dépens des gobe-mouches.

Pendant ce temps-là, l'Ogre s'occupait grandement de faire goûter sa ratatouille aux Lanternois ; et pour savoir s'il pourrait allécher assez de gourmands pour le porter sur la chaise enchantée et l'y maintenir les deux fesses dessus, il fit mettre à tous les coins de rue, dans les villes et les villages, des tables d'ardoises, sur lesquelles ceux qui avaient envie de tâter de sa cuisine devaient mettre leurs noms, ou leurs croix s'ils ne savaient pas signer ; mais comme les uns n'aimaient que les mets *à la royale*, que les autres s'étaient attendus à une sauce *à la jacobine*, il s'ensuivit que personne ne voulait de la ratatouille Ogrichonne, et qu'on passait à côté des ardoises sans s'inviter au repas. Or l'Ogre, à qui il importait moins de croire que de faire accroire, ne voulait pas qu'on lui rapportât les ardoises sans qu'elles fussent barbouillées : adonques ordonna qu'on ferait d'abord signer tous les animaux de sa ménagerie, qui se laisseraient conduire la pate, sous peine de crever de faim ; qu'on donnerait le fouet aux petits enfans qui ne voudraient signer pour leurs papas ; qu'on arroserait encore une fois de liqueur ardente les gosiers des squelettes à ressorts, afin de donner à leurs mains le mouvement et l'élasticité nécessaires pour faire une croix sur une ardoise ; que ceux à qui plairait la ratatouille, auraient la permission de prendre sept à huit cent mille noms différens pour les mettre sur autant d'ardoises ; enfin, qu'on signerait pour ceux qui étaient morts incognito, attendu qu'il était sans exemple qu'un mort fût jamais venu donner un démenti à personne. Et ne prenait toutes ces précautions que pour faire croire aux *Anticorses* qu'il était bien assis, et que tous les Lanternois étaient disposés à se faire pourfendre afin de sauver sa ratatouille.

Après cela il fit construire une espèce de hangar dans le grand Champ, pour loger les vingt mille chefs de cuisine qu'il avait invités ; mais quand il vit que son invitation donnait la fièvre à la plupart, ce qui les empêchait de se mettre en route, il fit abattre la moitié du hangar par le milieu, sous prétexte de lui donner un courant d'air ; mais quand le jour de la réunion fut enfin arrivé, il vint si peu de chefs de cuisine, que le hangar se trouva encore quarante fois trop grand; et pour empêcher les *Liliens* de rire en voyant le mauvais état de la cuisine Ogrichonne, il fit remplir d'avance le hangar de mannequins habillés en chefs de cuisine, et quand les trente ou quarante véritables arrivèrent, ils trouvèrent leurs places occupées par ces mannequins, et furent obligés de se tenir à la porte.

Bientôt la comédie commença. L'Ogre et ses trois frères, habillés tous quatre en Pierrots ou en Gilles, se huchèrent sur des tréteaux pour être vus de plus loin. La troupe des *Grognards* et des Ogrichons, armés de lardoires, entoura en partie les quatre *blancs;* et l'autre portion fut chargée d'empêcher les *Liliens* qui là se trouvaient par curiosité, de faire la moue. Ils allaient de l'un à l'autre en brandillant leurs lardoires, et en disant : « Veux-tu rire, ou je te crève le ventre. » L'Ogre se leva, et tout le monde s'assit ; il s'assit, et tout le monde se leva ; il mit sa casquette, et tout le monde se découvrit ; il ôta sa casquette, et tout le monde remit la sienne : c'était on ne peut plus divertissant. Ensuite il se leva définitivement pour débiter son rôlet, en tâchant de se rappeler les gestes qu'il avait vu faire au plus fameux roi de théâtre du pays des Lanternes. Il commença par reluquer tout le monde avec sa lorgnette ; renifla, d'une seule prise, deux ou trois livres de tabac, toussa, éternua, cracha, se moucha, et, d'un revers de main, fit sauter en l'air la casquette du prince *Toutou*, qui, croyant que les enfans d'une même mère étaient aussi grands seigneurs les uns que les autres, ne s'était pas découvert; puis prononça le fameux discours que je vais vous dire, autant que je puis m'en rappeler.

« LANTERNOIS!

» J'avais renoncé à la chaise en-
» chantée; *mais* il n'est pas défendu
» de remonter sur sa bête quand
» on le peut.

» Les mauvaises langues diront
» que je m'en suis emparé par félo-
» nie, *mais* elles en ont menti; j'y

» ai été porté sur les mains de mon
» peuple : or, jusqu'à nouvel ordre,
» je ne connais point d'autre peuple
» que les hommes aux *mains rouges*.

» Vous avez chassé votre Roi, parce
» qu'il vous faisait aller à reculons ;
» *mais* j'aurai toujours soin de vous
» faire aller en avant.

» Je vous ai fait manger des
» royaumes autrefois ; *mais* doré-
» navant nous vivrons de ce que
» nous pourrons.

» J'ai porté des titres magnifi-
» ques ; *mais* aujourd'hui je n'en
» veux plus d'autres que des *etc.*,
» *etc.*, *etc.* A bon entendeur,
» demi-mot.

» Je m'étais flatté que tous les Rois
» viendraient endosser ma livrée ;

» *mais* j'apprends qu'ils veulent » chasser sur mes terres : nous ver» rons cela.

» Ils disent qu'ils n'en veulent » qu'à moi ; *mais* c'est une triche» rie : ils n'en veulent qu'au ra» goût *à l'indépendance* dont je » veux vous régaler.

» Je vous avais promis que vous » feriez la sauce vous-mêmes, *mais* » je vous en ai épargné la peine ; » s'il y manque encore quelques » épices, on les y mettra.

» Vous jurez, tous, de défendre » votre Sultan jusqu'à la mort ; » n'est-ce pas, vous le jurez ? »

— « Nous le jouerons ! s'écrièrent d'une voix tous les chefs de cuisine qui étaient là ; nous le jouerons ! »

Le Sultan, qui crut qu'ils disaient : « Nous le jurons ! » descendit content, et fut de suite porté sur la chaise enchantée par ceux qui avaient goûté de sa ratatouille ; mais, ils eurent beau faire, la chaise ne cessa de branler sous le Sultan, et il ne put jamais y mettre qu'une fesse et la largeur d'un pouce de l'autre fesse.

CHAPITRE XXII.

Les Aboyeurs tricolores et les Déférés.

Le Sultan, trouvant que les porte-voix, les échos et la fabrique de menteries ne faisaient pas encore assez de bruit, et que sa ratatouille serait bientôt à sa fin si on n'allongeait tous les jours la sauce, avait ordonné à ses chefs de cuisine de lui envoyer six à sept cents marmitons pour l'aider. Or les *Tricolores*, qui ne cherchaient qu'à lui faire des niches, eurent soin de ne faire envoyer que des enfans de *Vertigo*, et de fourrer dans la bande des marmitons tous ceux qui étaient les plus affamés de sauce *à la jacobine*; et l'on vit arriver, pour travailler à la cuisine Ogrichonne, des gens qui n'avaient d'humain que la figure, car ils aboyaient à damer le pion aux plus gros chiens de basse-cour; et plusieurs d'entre eux n'avaient pendant long-temps vécu que de morts. De ce nombre était un *Douret*, connu par son talent à arrêter les Rois pour les mener à la boucherie; un *Camnob*, qui s'était enrichi en faisant de l'or avec des chiffons; un *Berrare*, qui avait fait tomber plus de têtes qu'il n'avait de cheveux sur la sienne, et qui voulait faire passer le couteau avec lequel il les coupait, pour le balancier avec lequel on fait des écus. Or tous ceux-là et autres de la même trempe trépignaient de joie de se voir encore une fois réunis avec leurs frères et amis, et se pavanaient d'avance en songeant au plaisir qu'ils auraient en faisant sauter les têtes de tous ceux qui étaient plus grands qu'eux; mais que d'ouvrage avant d'en venir là! Il fallait se débarrasser de l'Ogre et arrêter les *Anticorses*. Or commencèrent par ordonner aux deux millions quatre cent cinquante-cinq mille quarante chasseurs que le Sultan avait demandés, de s'armer de lardoires pour crever les yeux aux *Anticorses* quand ils viendraient; mais les deux millions quatre cent cinquante-cinq mille quarante furent sourds d'une oreille, parce que de l'autre ils entendaient les *Anticorses* qui leur répétaient sans cesse qu'ils n'en voulaient qu'au mangeur d'hommes.

Et les six ou sept cents marmitons, pour les allécher, leur offraient tous les jours quelques plats de leur façon, en leur disant : « Mangez, mangez, nos amis ; c'est de l'indépendance toute pure. » Mais les marmitons en étaient à peu près pour leurs frais de cuisine, car tout ce qu'ils servaient sentait la sauce *à la jacobine* de cent lieues de loin ; et comme il en avait cuit à tous ceux qui avaient autrefois goûté de cette infernale sauce, rien que d'y penser cela soulevait le cœur : de sorte qu'elle restait toute entière pour les dindons et les oiseaux de proie.

Cependant les *Liliens* attendaient avec impatience le moment où le retour du bon Roi leur permettrait de vivre à leur fantaisie, et les débarrasserait de la cuisine Ogrichonne qui empoisonnait tout le monde, et du ragoût *à l'indépendance*, plat de nouvelle invention, et de la sauce *à la jacobine*, mauvaise farce qu'on ne pouvait digérer. Les *Tricolores*, à qui le nom de Roi donnait la colique et la fièvre, faisaient tout ce qu'ils pouvaient pour en dégoûter les Lanternois ; mais ils avaient beau peindre DÉSIRÉ plus noir que le Diable, le Génie des Lanternois, qui ne s'endormait pas, soufflait en passant sur tous les portraits qu'ils barbouillaient, et Désiré paraissait plus blanc que la neige. Si l'on n'avait pas tant souffert, on aurait ri de bon cœur de tout ce qu'ils faisaient et de tout ce qu'ils disaient. Vous auriez vu là une vingtaine de gredins, tenant chacun dans la main un de ces verres à facettes qui multiplient les objets : ils regardaient là-dedans, et, y voyant leurs vilaines têtes répétées trois ou quatre cents fois, ils se mettaient à crier : « Voyez, voyez ! que de monde ! que de monde qui ne veut plus de Roi ! C'est décidé, la nation n'en veut plus. » Et à force de regarder dans leurs verres, parvinrent à se persuader qu'à eux vingt ils formaient toute la nation : si bien que, cent fois par heure, à chaque personne qu'ils voyaient, au lieu de dire : « Bonjour » ou « Bonsoir, » ils disaient : « La nation n'en veut plus. » Et les porte-voix, et les échos, et tous les ouvriers de la grande fabrique de menteries, de répéter : « La nation n'en veut plus. »

Et les *Liliens*, qui formaient bien les trois quarts et demi de la nation, répondaient à cela : « Nous en voulons, nous. » Si bien que les *Tricolores* commencèrent à croire que toute la nation n'était pas dans leurs verres à facettes ; et, voulant empêcher les *Liliens* de leur prouver que *vingt* n'est pas tant que *mille*, ils avisèrent aux moyens de leur couper la parole, et s'y prirent de cette manière :

Ils remuèrent avec la baguette de *Vertigo* tous les bourbiers qui se trouvaient dans le pays des Lanternes. De ces cloaques empestés sortirent bientôt des milliers d'Esprits malfaisans que le bon Génie des Lanternois y avait enchaînés pour les empêcher de nuire. La baguette de *Vertigo* brisa leurs fers. Les *Tricolores* leur dirent : « Vous êtes nos frères et amis, vous êtes la nation ; allez défendre le ragoût *à l'indépendance.* » Et les Esprits malfaisans, secouant la boue dont ils étaient encore couverts, voyant que rien ne retenait plus leurs bras ni leurs jambes, se mirent à crier : « Nous sommes *Déférés,* » c'est-à-dire, délivrés de la chaîne; et les *Tri-*

colores ne cessaient de leur vanter l'éclat de la lumière du siècle : si bien que les *Déférés*, craignant de rentrer encore dans l'obscurité de leurs bourbiers, ne parlaient plus que d'allumer des réverbères, et, pour maintenir les lumières, ne voulaient rien moins que prendre tous les *Liliens* pour les mettre aux lanternes en guise de mêches ; ce qu'ils faisaient entendre en chantant partout : « *Ah! ça ira, ça ira, les Liliens aux réverbères*, etc. » Et comme ils étaient affamés, on les entendait chanter aussi : « *Allons, enfans de la cuisine*, etc. : » ce qui était la chanson favorite des marmitons tricolores. Ils chantaient de même : « *Veillons au salut des marmites*, etc., » et autres chansons renouvelées des *Remuans*, et que ceux-ci avaient chantées dans le bon temps, pour endormir le gibier qu'ils voulaient tuer.

CHAPITRE XXIII.

Comme quoi l'Ogre voulut mourir en grande compagnie.

—

Au milieu de tout cela, l'Ogre n'était pas content. Il y avait si long-temps qu'il ne s'était gorgé de sang, qu'il en avait pour ainsi dire la pépie; et, malgré sa bonne envie, il ne voyait pas trop comment il pourrait se désaltérer. Il avait beau dire : « J'ai faim », ses cuisiniers en chef lui répondaient qu'il n'y avait rien dans ses garde-manger. Partout où il braquait sa lorgnette, il ne voyait que lardoires prêtes à l'éventrer, et gens à deux visages, disposés à le vendre au premier marchand qui voudrait de sa peau. Tout se tournait contre lui ; les *Anticorses* s'avançaient, les *Tricolores* travaillaient pour leur propre compte, les *Liliens* rappelaient Désiré à grands cris ; les deux millions quatre cent cinquante-cinq mille quarante ne paraissaient que sur les bulles de savon, et ses Ogrichons même, qui avaient espéré tout engloutir, craignaient à présent d'être avalés à leur tour. Aussi, quand il était seul, il regrettait amèrement sa petite île, et se repentait de l'avoir quittée pour servir de mannequin aux *Tricolores*. *Tremblotte* le faisait trembler en lui répétant tous les jours :

« Tu mourras. » Et comme il ne voulait pas mourir seul, il résolut de faire mourir avec lui tous les Lanternois. Adonques envoya partout des ordres pour que chacun mît la main à l'œuvre pour frayer un chemin à la Mort. Fut ordonné que chacun aurait sa lardoire, et pour allécher les gens de campagne, qui mieux aiment manier une charrue qu'une lardoire, leur fut annoncé qu'en deux mois de temps ils pourraient être tous changés en petits Crésus, qu'ils n'avaient pour cela qu'à larder les *Anticorses* partout où ils se présenteraient, et que, vu la quantité, ils s'enrichiraient bien vite, en vendant tant seulement leur peau. Ordonna de plus qu'on jetterait toutes les montagnes dans les vallons et que l'on ferait des vallons en empilant les montagnes, que tous les ponts seraient jetés dans la rivière, qu'on couperait tous les arbres des forêts, et qu'on planterait des échalas dans les endroits où il n'y avait pas d'arbres. En outre, sachant bien qu'il y a beaucoup de gens qui aiment mieux coucher dans leur lit qu'à la belle étoile, le Sultan ordonna d'abattre les maisons, comme choses inutiles à des hommes qui vont mourir.

Et comme s'il eût voulu faire voir au monde entier que rien n'était plus docile que les habitans de la capitale, il commanda à tous ceux dont les mains délicates n'avaient jamais manié qu'une plume, ou tout au plus une aune, de prendre des pelles et des pioches pour creuser sur les montagnes des trous immenses, où tous les Lanternois devaient se jeter du plus loin qu'on verrait venir les *Anticorses*. Et bientôt la capitale fut retournée sens dessus dessous; les honnêtes gens étaient condamnés aux *travaux forcés*, et ils étaient surveillés, contraints et aiguillonnés par des galériens et des *Déférés*. On voyait un peuple entier, dont une partie creusait la fosse de l'autre; on travaillait par force, sous peine d'être rôti ou bouilli; et les tombeaux se creusaient au son de la musique; et les porte-voix vantaient la bonne volonté de ceux qui rechignaient.

Mais le Sultan mal assis, qui jadis avait commandé aux rois, ne comptait plus parmi ses sujets que les enfans de la boue, et voulut les passer en revue, pour voir quel parti il en pourrait tirer. Pour grossir la troupe des *Déférés*, on y joignit ceux qui écorchent les chiens crevés et qui passent les nuits à chercher des épingles dans les ruisseaux, ceux qui bouchent les trous des souliers de ceux qui sont encore plus gueux qu'eux, ceux qui n'ont pour vivre que le produit de deux liards d'allumettes par jour, ceux qui vendent de la tisanne, ceux qui trafiquent avec de l'eau, ceux qui se noircissent en portant du charbon, ceux qui se blanchissent en portant de la farine; enfin jamais l'Enfer déchaîné dans les grands jours de Sabbat, n'a offert une assemblée aussi hideuse, une bigarrure de haillons plus dégoûtante, des figures plus sinistres, des cris, des hurlemens plus épouvantables que cette bande de *Déférés*. Et le grand Sultan fit ranger tout cela devant le Château, donna une poignée de main à chacun, cria avec eux : « Vivent les enfans de la boue ! » il leur recommanda de vanter sa ratatouille, et peu s'en fallut qu'il ne léchât les mains de ceux qui étaient depuis long-temps habitués à lui lécher les bottes. Il fit donner à ses nouveaux amis les *Déférés* des lardoires pour empêcher les *Liliens* de parler, et des culottes pour cacher leur derrière, qui était à moitié découvert. Et se répandirent bientôt, tous ces Esprits malfaisans, sortis de la boue, dans la capitale et dans tout le pays des Lanternes, heurlant comme des loups, dépouillant les Lanternois qu'ils prenaient pour des *Anticorses*, battant les maris, caressant les femmes, buvant le vin, et mangeant le pot-au-feu de tout le monde.

Après cette belle besogne, l'Ogre alla prendre un bain pour se débarrasser de certains petits compagnons que les *Déférés* lui avaient donnés pour gardes du corps, et qui commençaient à le chatouiller sans le faire rire. Puis rendit une visite de cérémonie à ses marmitons rassemblés, leur fit un discours aussi bien enfilé que le rêve d'un fiévreux qui bat la campagne, et leur dit par exemple: « Qu'il était las de faire la cuisine tout seul, et qu'il les chargeait d'assaisonner sa ratatouille autrement, s'ils ne la trouvaient pas de leur goût. » Il se plaignit des *Albionnais*, qui lui avaient tendu un croc en jambes, sans dire *casse-cou*! parla de l'argent qu'il n'avait pas, qu'il voudrait bien avoir, et qu'il aurait si on le lui donnait. Il déclara qu'il allait recommencer la grande promenade et la chasse, et tâcher de prendre tout le pays des Fumeurs d'un seul coup de filet; et finit par les inviter tous à faire leur testament, attendu qu'on ne sait ni qui meurt ni qui vit. Et les marmitons *Tricolores*, qui étaient bien aises de le voir partir, et qui espéraient bien qu'il ne reviendrait plus, lui firent un compliment, et le laissèrent aller en lui chantant : *Bon voyage, monsieur Dumolet*, romance remplie de tendres sentimens et qui est encore en vogue aujourd'hui.

CHAPITRE XXIV.

Comme quoi l'Ogre donna la chasse aux léopards et aux aigles noirs, et de ce qu'il s'ensuivit.

L'Ogre avait envoyé depuis long-temps tout son train de chasse en avant; ses grognards, ses ogrichons, ses chasseurs qui avaient deux jambes, voire ceux qui pouvaient encore sauter sur une, étaient à l'affût, et bordaient le pays des Fumeurs, qui était rempli de léopards et d'aigles noirs, conduits et exercés à la chasse aux Ogrichons par les plus fameux Grands-Veneurs des *Albionnais* et des *Purnisses*. Pas ne se pressaient ceux-ci d'entrer dans le pays des Lanternes, parce qu'ils craignaient de blesser quelqu'un en tombant sur l'Ogre, et qu'ils espéraient toujours que le bon Génie des Lanternois parviendrait d'un moment à l'autre à le museler sans qu'ils eussent besoin de s'en mêler. Pas ne se pressait l'Ogre non plus de quitter la capitale, de peur de voir accomplir le proverbe : *Qui quitte sa place la perd.* Mais *Sanguinolente* qui voulait du sang, *Vertigo* qui voulait du désordre, et les premiers chefs de cuisine tricolores, qui ne pouvaient pas allumer le feu en sa présence, lui crièrent tant et si fort : « Eh ! va donc ! pars donc ! » qu'enfin il se mit en route.

Lorsqu'il fut parti, les *Liliens* crurent qu'ils allaient respirer plus librement, bien persuadés qu'ils étaient que l'Ogre ne reviendrait plus, tant ils voyaient d'*Anticorses* prêts à le repêcher : mais il virent bientôt que les *Tricolores* étaient au moins aussi à craindre que l'Ogre; car celui-ci avait à peine les talons tournés, que ceux-là se mirent à mitonner de nouveau leur sauce *à la jacobine*, dont le principal assaisonnement était du sang de prince et de liliens. Mais les Princes étaient sur leurs gardes, et pas n'était facile aux *Tricolores* de s'en procurer : quant aux *Liliens*, d'un bout du pays des Lanternes à l'autre, ils montraient les dents à ceux qui chassaient pour l'Ogre ou pour les *Tricolores*. Ce qui mit tellement en colère l'assemblée des marmitons, qu'on aurait dit qu'ils étaient possédés du démon : ils criaient, juraient, tempêtaient, rugissaient comme des furieux, ou déraisonnaient comme des insensés. L'un faisait du bon DÉSIRÉ la bête noire des Lanternois ; l'autre proposait de mettre en salmis tous ceux qui le regrettaient ; un autre alla plus loin et dit que, pour faire un plus grand plat, il fallait y mettre les oncles et les tantes de ceux-ci, leurs cousins, cousines, germains, issus-de germains, sans oublier ceux qui étaient morts depuis quatre cents ans, et ceux qui naîtraient pendant mille ans. Un seul s'étant levé et ayant prononcé deux ou trois paroles raisonnables, tous les autres fous se levèrent pour l'étouffer en criant : « Il est fou ! il est fou ! »

Cependant on attendait des nouvelles de la chasse de l'Ogre ; ceux qui savaient que l'appétit lui venait en mangeant, souhaitaient de bon cœur qu'il servît de pâture aux léopards et aux aigles noirs ; ceux qui avaient été habitués à lécher ses plats, désiraient qu'il recommençât à dévorer des royaumes, dans l'espérance de ramasser les provinces qui tomberaient de sa grande bouche ; et tout le monde avait les oreilles au vent pour entendre quelque chose, lorsqu'un beau matin les quatre menteurs que l'Ogre avait placés devant l'hôtel des Jambes de bois, se mirent à jeter feu et flamme et à réveiller tout le monde en criant cent et une fois avec leurs voix de tonnerre : *Victoire ! bon ! bon ! victoire !* La fabrique de *Renugalt* lança une bouffée de menteries sur des bulles de savon, où on lisait que le Grand Sultan n'avait fait qu'une bouchée des léopards et des aigles noirs déchaînés contre lui, et que, dans deux ou trois jours, il aurait déjà repris quatre ou cinq petits royaumes. « Oh, oh! disaient les plus sensés, attendons. »

Et pas long-temps n'attendirent, car on entendait encore le *bon ! bon !* des menteurs des Jambes de bois, lorsqu'on apprit que le Sultan, que l'on croyait à cent lieues, était rentré dans le Château, déguisé en hibou : or si vous voulez savoir comment cela s'était fait, je vais vous le dire.

Dès que l'Ogre fut arrivé sur la lisière du pays des Fumeurs, il se jeta lui et sa bande d'Ogrichons, comme des loups affamés, sur les *Anticorses*, qui ne l'attendaient pas sitôt. Et pouvait bien l'Ogre voir qu'il ne serait pas le plus fort, mais il avait une telle soif de sang, qu'il lui en fallait absolument des torrens pour satisfaire son envie. Peu lui importait que ceux qui avaient trahi le bon Roi pour lui fussent tous déchirés par les léopards, il voulait voir du sang couler, s'y baigner, s'y vautrer : tout lui était égal. Aussi eut-il bientôt lieu d'être content; car ses Ogrichons, qui s'étaient trop avancés pour reculer, se jetaient à corps perdu sur les lardoires qu'on leur présentait, et se faisaient déchirer par les léopards et les aigles noirs, qui se défendaient avec autant de fureur que les Ogrichons en mettaient à les attaquer. Et pendant deux jours entiers, pas un instant ne cessa cette horrible boucherie; n'avait jamais été l'Ogre à pareille fête. Tant de sang coulait et ruisselait de tous côtés, que l'Ogre en avait jusqu'à la ceinture, et pouvait se régaler à gogo, et en prendre pour tout le temps qu'il en avait été privé. Cependant les Grands-Veneurs *Anticorses* qui savaient parfaitement comment se fait la chasse aux bêtes féroces, reculaient pas à pas, et attiraient ainsi l'Ogre et sa bande dans les lieux où ils avaient tendu des piéges à loups.

Et l'Ogre, que la soif du sang aveuglait, et qui avait toujours faim tant qu'il voyait un homme à dévorer, au lieu de dormir un somme après la curée qu'il venait de faire, ne voulut pas s'arrêter, enfila un chemin que les *Anticorses* lui avaient laissé ouvert tout exprès, et s'imagina que, s'il pouvait arriver derrière eux, pas un ne pourrait lui échapper. Vers le soir du troisième jour, au moment où il croyait n'avoir plus besoin que d'ouvrir la bouche pour les avaler tous, ils se séparèrent tout d'un coup en deux bandes, une à droite et l'autre à gauche, et l'Ogre se trouva en face d'une montagne, au haut de laquelle il vit quelques objets qui excitaient son appétit, et ordonna à une partie de ses chasseurs d'aller les chercher. Ceux-ci, qui étaient toujours sous l'influence du bouclier enchanté, ne se le firent pas dire deux fois ; mais, quand ils approchèrent de la montagne, ils trouvèrent là trois ou quatre cents monstres qui les attendaient. Ces monstres avaient comme des gueules d'airain, desquelles se mirent soudain à faire un tintamarre à rendre sourds à dix lieues à la ronde, et à vomir des tourbillons de flammes et de fumée qui dévorèrent en un clin d'œil tous ceux qui s'étaient présentés devant eux. Ceux qui voulurent se sauver furent éventrés par les lardoires des

Anticorses, qui les guettaient de tous côtés. L'Ogre y envoya une seconde, une troisième et une quatrième bande, mais pas un ne put parvenir au haut de la montagne : dès qu'ils approchaient, ils tombaient tous comme des capucins de cartes ; et si grande était la quantité de sang répandu, que l'Ogre pouvait y nager à son aise, comme dans la Seine ou dans la Marne ; mais jamais assez n'en avait, et, pour s'en faire un étang, un lac, une mer, que sais-je ? il ordonna à tout son reste de fondre sur la fatale montagne. Ils y coururent au galop ; mais, avant d'arriver, *Tremblotte*, qui faisait toujours des siennes, leur fit voir mille morts qui les attendaient et des milliers de milliers d'aigles noirs prêts à leur crever les yeux; et se retournèrent comme pour demander à l'Ogre s'il fallait avancer. Par hasard, celui-ci avait le dos tourné, et présentait, sans y penser, le revers de son bouclier, où l'on sait qu'il y avait des choses affreuses à voir. Et furent tellement stupéfaits en y voyant le vilain cœur de l'Ogre, qu'au lieu d'aller tenir compagnie aux morts, ils jetèrent leurs lardoires par terre, et se mirent à courir, à ruer les uns sur les autres, à se presser, à se pousser d'une telle force, qu'ils entraînèrent avec eux les charrettes, les pétards et tout ce qui se trouvait sur leur passage. En un moment tout fut à la débandade; et comme ils n'étaient pas venus pour s'en retourner les mains vides, les Ogrichons firent rafle, en passant, sur les provisions que l'Ogre avait amenées avec lui, et ne lui laissèrent pas même une cuiller à pot. Dans la bagarre, il perdit son bouclier enchanté, comme autrefois il avait perdu sa poudre magique au pays des Glaçons; et le voyant foulé aux pieds, broyé et réduit en poussière, il eut si grand' peur qu'il n'en arrivât autant à sa personne, qu'il se mit à enjamber les cadavres, à sauter sur les mourans, à courir, à courir, comme s'il eût eu des bottes de sept lieues, et, à l'aide de *Tremblotte*, qui lui soufflait au derrière pour le faire aller plus vite, il arriva bientôt dans la capitale des Lanternois, seul, sans casquette, sans lardoire, et aussi chargé de bagage qu'un garçon tailleur qui porte tout le sien dans un chausson. Mais ce n'était pas un gaillard à se déconcerter, et, quoiqu'il n'eût plus de poudre à jeter aux yeux, ni de bouclier enchanté pour les éblouir, il s'imagina que ses marmitons auraient conservé l'habitude d'obéir, comme il avait gardé celle d'ordonner. En conséquence leur fit dire par *Renugalt*, que le Sultan se disposait à leur demander une nouvelle fricassée de trois ou quatre cent mille Lanternois, et deux ou trois cents millions pour les assaisonnemens; mais, bah! il n'avait plus à faire au conseil des *Oui* et des *Muets*, et les enfans de *Vertigo* l'attendaient là pour lui faire voir de quel bois ils se chauffaient.

L'Ogre était encore une fois devenu si petit, si petit, que le dernier des polissons n'aurait pas craint de lui donner des croquignoles : aussi les *Tricolores*, qui lui en voulaient, parce qu'il avait fait sa *ratatouille* tout seul, crurent que le moment était venu de faire goûter à tout le monde leur *galimafrée au sang*, et d'allonger leurs échasses de quelques pieds. L'Ogre s'était baigné dans le sang des Ogrichons, qui auraient pu le défendre contre les *Tricolores ;* tandis que tous les enfans de la boue, tous les *Déférés* étaient disposés à défendre les *Tricolores*, qu'ils regardaient comme leurs pères nourriciers, parce qu'ils promettaient de les régaler à gogo de la sauce *à la jacobine*, assaisonnée du sang de tous les *Liliens*. Ainsi, au lieu d'accorder à l'Ogre la fricassée qu'il demandait, ils lui firent dire que son terme était expiré, et lui firent signifier, par un huissier, qu'il eût à vider les lieux, et à renoncer pour toujours à la chaise enchantée, que ses anciens marmitons prétendaient bien occuper chacun à leur tour.

CHAPITRE XXV.

Qu'il faut lire pour savoir ce qu'il contient.

A cette proposition, l'Ogre fit une grimace épouvantable, cria, jura, puis se mit à pleurer comme un veau. — « De quoi te plains-tu? lui dit *Vertigo*, qui venait plaider la cause de ses enfans : voilà cent quarante quatre mille minutes d'écoulées depuis que je t'ai porté sur la chaise enchantée. Tout le monde les a comptées, ces minutes : ainsi je suis sûr de ne pas me tromper; pendant ce temps tu as dévoré à peu près cent vingt mille hommes, ce qui fait bien cinquante hommes par heure. Tu as dépensé en outre deux cents millions en hors-d'œuvre et en friandises : si tu restais encore une ou deux lunes de plus, tu ne laisserais que des os à mes enfans. Ainsi, déguerpis, et qu'on ne te le dise pas deux fois. »

— « Je m'en vas, dit l'Ogre ; mais j'entends et je prétends qu'on mette mon poupon à ma place, entendez-vous ? ou si non, je ne renonce pas. »

Grande fut la joie des marmitons tricolores quand ils surent que le Sultan leur faisait cadeau de la chaise enchantée, qui ne lui appartenait pas. *Renugalt*, qui était grand maître en l'art de faire passer des cadeaux forcés pour des dons volontaires, en fit encore autant de celui-là ; et, après avoir mouillé une demi-douzaine de mouchoirs avec des pleurs de tendresse, il fit décider qu'on remercierait Sa Majesté Ogrichonne du plaisir qu'elle faisait à tout le monde en quittant la partie.

Cependant les *Anticorses* avaient marché sur les talons de l'Ogre, dès qu'ils avaient pu se dépêtrer des corps morts que celui-ci avait entassés pour faire son dernier repas. Déjà ils n'étaient plus qu'à quelques pas de la capitale, et les *Liliens*, qui savaient à quoi s'en tenir sur leur compte, se réjouissaient du retour de Désiré, dont la voix se faisait déjà entendre, et croyaient bien que les marmitons tricolores allaient suivre l'Ogre, en voyant tant de milliers d'hommes qui venaient renverser la marmite où ils faisaient bouillir leur sauce empoisonnée; mais bah! les marmitons n'en furent que plus acharnés à allumer le feu et à souffler dessus. *Vertigo* se trémoussait comme un diable ou comme un mauvais Génie qu'il était, pour soutenir ses enfans; il fit creuser des trous tout autour de la capitale, pour faire trébucher les *Anti-corses*, fit mettre des pétards partout pour les éblouir, distribua des lardoires aux *Déférés* et aux enfans de la boue, pour crever les yeux aux *Liliens* qui ne voudraient pas marcher sous le drap tricolore; distribua également des verges aux petits enfans des écoles pour fouetter ceux de leurs maîtres qui s'aviseraient de se croire plus expérimentés que leurs écoliers ; s'en alla trouver les raccommodeurs de jambes, et leur dit : « Voilà long-temps que vous êtes sans ouvrage ; tenez, voilà de quoi casser des membres ; allez, et taillez-vous de la besogne. »

En attendant, les *Anticorses* avançaient toujours de quelques pas. Ils étaient aux portes, et, s'ils n'entraient pas, c'était pour empêcher les *Déférés* de faire tout le mal que *Vertigo* leur conseillait. Bientôt le Génie qui préside au bonheur des peuples, aplanit tous les obstacles, tendit la main aux *Anticorses*, et ils entrèrent. Les marmitons tricolores ne quittaient pas pour cela leur gargote ; et, apprenant que Désiré était près d'eux, ils firent des hurlemens effroyables pour dire que personne ne voulait de lui. Ils avaient tellement peur de son nom, qu'ils n'osaient plus le prononcer, et le désignaient par ces mots : « *Celui qui doit venir.* » Alors voulurent lui dicter des lois, et consentirent à le recevoir s'il voulait mettre leur cuisine à la mode. Une fois, ils voulaient mettre sur la chaise enchantée le poupon de l'Ogre, parce qu'ils en seraient quittes pour le nourrir avec quelques brioches, pendant qu'eux se régaleraient des festins qu'ils feraient apprêter en son nom; une autre fois, ils voulaient l'Empereur des Chinois, ou la Reine de Golconde, ou le Kan des Tartares;

enfin, ils auraient été chercher un Roi jusqu'aux antipodes, plutôt que de revoir le bon Roi dont le nom leur donnait la fièvre. Ils envoyaient commissionnaires sur commissionnaires pour proposer leurs demandes aux Princes des *Anticorses*, qui ne faisaient aucune réponse; et cette fois-ci ce n'était pas: « *Qui ne dit rien, consent;* » mais bien: « *Qui ne dit rien, ne veut pas.* »

Pendant ce temps-là, Désiré était aux portes de la capitale: il était revenu au milieu des cris d'amour et de joie de tous ses sujets, qui accouraient de cent lieues à la ronde pour jouir encore une fois du bonheur de voir un si bon père. Partout où il avait passé, le drap funèbre des *Tricolores* avait disparu pour faire place au drapeau sans tache, qui tant faisait plaisir à voir. Les Lanternois de la capitale le voyaient de leurs donjons et de leurs fenêtres, couraient pour se réunir à leurs frères fortunés du dehors ; mais, quand ils arrivaient à la porte, ils trouvaient là des cerbères tricolores qui les empêchaient de passer.

Oh! combien fut pénible la situation des fidèles *Liliens!* Les *Déférés* et les enfans de la boue, tous armés de lardoires, poussaient des rugissemens dans les rues ; ils voulaient tout tuer, tout brûler ; on regardait chaque instant comme sa dernière heure : mais un Esprit bienfaisant mit fin à cette angoisse de la mort et du désespoir. La gargote des marmitons tricolores fut fermée ; les *Déférés* se turent. Les bons *Liliens* sautèrent en bas des murs de la capitale, franchirent les haies, les fossés, et coururent se réunir, malgré les *Tricolores*, au bon Désiré ; et, le lendemain, ils entrèrent tous ensemble, en chantant, en dansant, et aux cris mille et mille fois répétés de : « *Vive Désiré ! vive notre bon Roi !* » Quand j'aurais mille langues, je ne pourrais vous exprimer la joie que causa cet heureux événement. La grande capitale des Lanternois fut changée, pendant long-temps, en une immense salle de danse, où se donnait un bal continuel : on s'embrassait, on riait, on pleurait de joie tout à la fois ; chacun faisait sa chanson, chacun chantait la sienne, et toutes les voix, les violons, les musettes, n'avaient que ce seul et même refrain chéri, dont on ne se lassait pas : « *Nous avons notre Père !* »

CHAPITRE XXVI.

Comment finit l'histoire.

—

« *Nous avons notre Père !* » Voilà le plus beau dénoûment que vous pouviez espérer de cette histoire véritable et merveilleuse. Ces quatre mots renferment toutes les espérances de joie et de prospérité. Mais vous êtes curieux de savoir ce qu'est devenu l'Ogre. Je vais vous dire tout ce que j'en ai appris. Il avait eu tellement peur de sa peau devant la montagne aux Gueules d'airain, qu'il s'était sauvé, comme nous l'avons dit, croyant qu'il ne restait plus une goutte de sang à boire ; et fut bien pénaud quand il apprit qu'une partie de ses chasseurs, que l'épouvante lui avait fait prendre pour des *Anticorses*, avait échappé à la déconfiture générale, et étaient venus sains et saufs jusque sous les murs de la capitale. Volontiers en aurait encore fait une curée ; mais le bon Génie dont je vous ai parlé y mit bon ordre : il les empêcha d'entrer dans la ville, craignant que les *Tricolores* ne leur tournassent la tête avec leur sauce *à la jacobine*, qui leur aurait donné la rage comme aux *Déférés*. Il les envoya se reposer loin de la capitale sur les bords de la *Liger*. Mais l'Ogre, avant de les voir partir, eut soin de leur recommander de ne pas oublier les leçons d'ogrichonnerie qu'il leur avait données, espérant que s'il ne pouvait plus se délecter avec de la chair fraîche, il pourrait au moins humer de loin la vapeur du sang que ses élèves répandraient en son intention. Et pour être plus sûr de son fait, le soir même où il renonça à la chaise enchantée, il vint par une porte de derrière, et à la sourdine, rendre une visite aux enfans de la boue, les caressa les uns après les autres, et leur fit dire par son inséparable *Trandber* de soutenir sa ratatouille le plus long-temps qu'ils pourraient. Et serait resté pour faire encore une petite partie de chasse avec les squelettes à ressort, si *Caline* ne fût venue lui annoncer qu'il était temps de partir, s'il ne voulait pas faire quelques entre-chats entre le ciel et la terre. Elle le changea encore une fois en hibou, l'enveloppa d'un nuage bien épais, et le transporta à l'extrémité du pays des Lanternes dans un port de mer, où elle le laissa avec *Trandber*, *Ravigotte*, l'ancien pourvoyeur général de la grande cuisine ogrichonne, *Lalmantel*, et quelques autres *Tremblotins* de la même force, pour qui la cuisine ogrichonne était devenue un régime nécessaire.

Caline ayant rendu à l'ex-Sultan sa figure d'homme, lui dit quelques mots à l'oreille et le quitta. Que lui dit *Caline*? C'est ce que je ne saurais, à mon grand regret, vous apprendre; sans quoi pourrions savoir, vous et moi, ce que *Bon-à-part* a maintenant dans le cœur : au lieu que nous ne savons pas plus ce qui s'y passe, que je ne puis vous dire précisément où il est, et ce qu'il deviendra. A la vérité, quelques porte-voix m'ont bien fait entendre que l'Ogre voyant que partout on en voulait à sa peau, se voyant pris par devant et par derrière, avait essayé d'échapper à la mort, la chose du monde qu'il aimait le moins ; et pour ce faire s'était jeté la tête la première dans une nasse que les *Albionnais* avaient tendue pour le prendre. Ceux-ci, contens de tenir dans leurs filets le grand mangeur d'hommes, l'avaient enchaîné, et conduit au bout du monde, où ils l'avaient déposé sur un rocher désert et escarpé, au milieu de la mer, où serait condamné à passer le reste de ses jours à jouer au *domino* avec le fidèle *Trandber*, sans autre compagnie que la sienne et celle d'un million de gros rats, qui lui rappeleraient sans cesse le souvenir de ceux dont il avait jadis empoisonné toutes les caves de l'Europe. Voilà ce que j'ai entendu crier à quelques porte-voix; mais comme tous les jours on entend encore par-ci par-là les porte-voix du mensonge que les *Tricolores* font corner de temps en temps du fond des bourbiers où ils sont rentrés, il est assez difficile de distinguer l'écho de la vérité d'avec l'écho du mensonge. Si j'apprends là-dessus quelque chose de certain et d'indubitable, pas ne manquerai de vous en faire part. Et en attendant, finirai cette histoire par les paroles que j'ai entendu prononcer par le bon Génie des Lanternois au moment où, par le moyen de sa tige de lis, il pourchassait *Tremblotte*, *Vertigo*, *Sanguinolente* et les *Tricolores* :

« Que les bons Lanternois ne craignent plus d'être dévorés par l'Ogre : héritier des enfans de *Vertigo*, il a usé tous les moyens qu'il avait trouvés dans cette sanglante succession ; son bouclier s'est brisé, et il est devenu aussi petit que *Bébée*, le nain du feu roi des Sarmates.

» Que ceux qui, en le voyant, ont crié : Oh qu'il est grand ! rougissent de leur erreur, en apprenant qu'il n'a jamais été que le mannequin des *Mains rouges*, qui, en dernier lieu, se sont encore servis de lui comme d'un épouvantail qu'on met dans un jardin pour faire peur aux oiseaux.

» Apprenez à vous méfier des mots vides de sens. Des *chefs de brigands* croient s'anoblir en se nommant *chefs d'indépendans*; mais quand ils vous pillent ou qu'ils vous égorgent, on voit bien que *brigands* et *indépendans* ne signifient qu'une même chose.

» N'oubliez pas que les fils aînés de *Vertigo* sont et seront toujours prêts à faire un pont de leurs mains rouges au premier Ogre qui voudra encore leur servir de mannequin. Tant qu'ils posséderont la baguette de *Vertigo*, ils remueront toujours les bourbiers pour en faire sortir des fourmillères d'Esprits malfaisans. Ils les ont tant remués, que les rayons du soleil ont encore de la peine à percer les nuages épais que ces vapeurs infectes ont étendus sur tout le pays des Lanternois ; arrachez-leur la baguette de *Vertigo*, et le ciel sera bientôt pur et serein. Cette baguette est très-facile à reconnaître..... C'EST DE L'OR.

CHAPITRE XXVII ET DERNIER.

Comme quoi l'Ogre et tous ceux qui l'avaient porté sur la chaise enchantée, furent si étroitement serrés par le cou, qu'ils en perdirent la respiration pour toujours.

QUAND ? . . . .
. . . .
. . . .
. . . .
. . . .
. . . .

. . . .

. . . .

. . . .

. . . .

. . . .

. . . .

. . . .

. . . . (1). AINSI SOIT-IL !

Et fut écrite cette véridique et merveilleuse histoire pour l'amusement et l'instruction de nos petits-enfans, et même de leurs papas,

---

(1) Il y a ici une lacune ; il y avait sur le manuscrit des noms que nous n'avons jamais pu débrouiller ; et nous avons mieux aimé laisser ce chapitre en blanc, que de commettre quelque erreur ou quelque injustice.

qui apprendront, en la lisant, qu'un Roi n'est véritablement grand qu'autant qu'il fait le bonheur de tous ses sujets.

MORALITÉ.

Un Roi juste, paisible, est mille fois plus grand
Que celui qui se plaît aux horreurs de la guerre;
Pour tous les peuples de la terre,
Le pire des fléaux, c'est un Roi conquérant.

FIN.

TABLE DES CHAPITRES.

FIN DE LA TABLE.

De l'Imp. de CELLOT, rue des Gr.-Augustins.

www.ingramcontent.com/pod-product-compliance
Lightning Source LLC
LaVergne TN
LVHW010552110826
845149LV00003B/639

* 9 7 8 2 0 1 3 7 4 4 9 3 5 *